KB186538

때로는
마음도
체한다

내 마음의 상처 보듬어 주기 때로는 마음도 체한다

변상규 지음

에디터
editor

상처에서 치유로

산다는 것은 한(恨)을 쌓는 것이라고 한 작가는 고백했다. 산다는 것은 상처를 받는다는 것이다. 상처 없이는 결코 살아갈 수 없는 것이 인생이다. 슬프게도 우리나라는 그런 상처가 더 대물림되는 환경이다. 세월호 참사만 보더라도 구조적으로 쌓인 병폐가 국민들 가슴에 대못을 박았다.

우리 국민들은 예로부터 정 많은 민족으로 유명하다. 그래서 나온 노래가 〈아리랑〉이다. 나를 버리고 가신 임을 저주하거나 미워하지 않고 10리도 못 가서 발병 난다고 애교 있게 서운함을 표현하는 사람들이 바로 우리 민족이다.

하지만 그 정(情)보다 더 많이 우리를 지배하는 정서가 바로 한이다. 한은 거대한 홍수와 같다. 그 물이 마을을 덮치면 모든 것을 휩쓸어 상상도 못할 폐허를 만들지만, 그 물을 댐에 담으면 그것이 마을에 전기를 공급하고 수많은 생명을 살린다. 그러므로 사실은 한이 문제가 아니다. 한을 담을 수 있는 댐과 같은 치유된 자아(Healing self)가 필요한 것이다.

나는 우리 사회의 모든 문제가 상처에서 비롯된다고 본다. 열등감의 상처, 못 배운 상처, 가난의 상처, 뜻을 이루지 못한 상처, 이해받지 못한 상처, 무시당한 상처 등등. 상처 밑바닥에는 언제나 지독한 거절감과 좌절감이 깔려 있다. 거절을 당하면 마음이 체한다. 밥만 먹고 체하는 게 아니다. 마음도 체한다. 그 체한 마음을 뚫어주지 않으면 그것이 나중에 화병이 되고 우울증이 되고 심지어는 자살에 이르게도 한다. 육신이 죽지 않았어도 정신이 죽은 무기력한 삶을 살아간다.

우리가 한이라고 부르는 감정이야말로 마음이 꽉 체한 상태를 뜻한다. 억압이 심했던 조선 시대에는 여자들과 노비들의 한이 많았다. 그래서 나온 게 탈춤이다. 탈이라도 쓰고 잘난 남자들과 양반들을 풍자하며 욕지거리를 날려 조금이라도 한을 풀었다. 이렇듯 생명은 들어오는 것이 있으면 나가는 법이 있어야 한다. 마음이 체했는데 뚫지 못하고 풀지 못한다면 도저히 살아갈 수가 없다. 어린 시절 부모로부터 거절과 좌절을 많이 당한 사람은 마음에 한이 맺힌다. 그런 사람은 평생 자기 한풀이 하나만을 위해 살아간다.

상처의 또 다른 원인은 좌절이다. 좌절을 많이 겪은 사람의 마음에는 늘 두 가지 감정이 남아 있다. 그 하나가 분노요, 다른 하나가 슬픔이다. 분노는 공격성으로 표출되고, 슬픔은 체념이나 무기력감으로 발전하다가 우울증으로 악화된다. 상처는 낫기 전까지 사라지지 않고 어떤 모습으로든 나타난다. 언제든 모습을 드러낸다. 상처엔 정해진 시간도 없다. 상처를 받으면 모든 시간이 멈춘다. 상처에 과거나 미래는 없다. 수십 년 세월이 흘러도 남는 건 잔인한 현재뿐이다.

세월호 참사를 우리는 서서히 잊겠지만 세상 떠난 아이들 부모의 마음에서는 언제나 현재진행형이다. 그 죄책감, 그 분노, 그 그리움, 그 절망을 그 어떤 언어와 프로그램으로 낫게 한다는 말인가! 가슴속에 박힌 못을 뺀다 해서 못 박힌 자국까지 사라지는 건 아니잖은가!

상처는 우리를 아무것도 못 느끼는 자폐적 세계로 이끈다. 그래서 상처는 가라앉는 것처럼 보이지만 언젠가는 다시 수면 위로 떠오른다. 또한 상처는 꿈에서 쫓아오는 자로 상징되고, 꿈속에서 무서운 환경으로 드러난다. 지하실도 상처이고, 캄캄한 장소도 상처다. 나를 바라보는 멍한 시선들도 상처이고, 수치와 두려움에 떠는 알 수 없는 누군가도 상처받은 자신의 투영이다. 상처는 몸의 감각을 죽인다. 그래서 무감각하게 만들어 살아 숨 쉬는 생명을 정물로 변질시킨다. 상처 앞에서 인간은 정물처럼 고정된다. 굶어도 배가 고프지 않고, 먹어도 배부르지 않다. 그렇게 상처는 인생을 지배한다.

상처가 잘 쓰는 것은 가면이다. 다 나은 척, 다 치유된 척, 다 사라진 척, 다 용서한 척하면서 상처의 거짓말은 영혼을 두 번 죽인다. 처음에는 가해자가 상처를 냈지만 나중에는 스스로 가해자가 되어 상처를 덧낸다. 가학의 상처는 자학의 상처가 된다.

상처는 영혼의 순수함을 오염시키고 진실된 삶을 끊임없이 가로막는다. 진실한 자기는 죽이고 거짓 자기로 살아가게 한다. 진실한 자기를 마주하면 상처와 마주해야 하기 때문에 그럴 용기가 없는 사람은 도피의 가면을 쓴다. 상처는 처음에는 누군가 주지만 나중에는 내가 받는다. 나 스스로 상처를 받는다. 어쩌란 말인가…….

내가 상처를 겪으면서 깨달은 진리는 그럼에도 상처는 치유되어야 한다는 것이다. 다만, 너무 늦지 않게……. 너무 늦은 상처는 시든 꽃처럼 아무리 물을 주어도 썩고 햇볕을 쬐어도 오그라들며 예쁜 화분에 심어도 빛이 바랜다.

상처는 궁극적으로 자기와의 화해를 통해 치유된다. 자기를 이해하고 비난하지 않고 스스로를 보듬는 힘을 키운다면 상처는 분명 치유되고 그 치유된 자리에는 삶의 지혜가 깃들 것이다.

나는 아픈 시절을 보냈지만 이제는 한 번도 돌아보지 못한 나 자신에게 좋은 친구 노릇을 해주려고 애쓰며 산다. 과거 괴롭기만 하던 시절, 그 고통과 수치를 겪으면서도 안 죽고 살아준 나에게 고맙기만하다. 내 영혼에게 그 길고 긴 수치를 견뎌주어 정말 고맙다고 말해주고 싶다. 나는 그런 화해로 하루를 시작한다.

사람이라면 누구나 살아가면서 상처의 삶이 아닌 치유된 삶을 고대한다. 그러나 상처가 너무 깊으면 그 상처는 한이 되고 그 한은 일상이 되어 치유라는 게 거추장스러울 수 있다. 그러기 전에 상처를 극복할 대안과 기회가 있다면, 그것은 운명이 내려준, 아니 운명보다 더 큰 숙명과 어떤 섭리가 그 사람을 치료하는 기회라고 생각한다. 나는 그 기회가 이 책을 읽는 독자 모든 분들에게 있기를 기도한다.

2014년 7월

변상규

차례

제2장 자기를 속이지 않으면 병이 없다

제3장 나의 상처 보듬어주기

제4장 온전한 나로 꽃피우기

제1장

내 마음의
가시 하나

마음에 박힌 가시 하나

　미국의 상담학자 웨인 오츠는 이런 말을 했다. "당신이 누구든, 지금 무슨 일을 하든 지금의 당신이 당신 된 것은 당신의 마음 깊은 곳에 부모가 남긴 말 한마디 때문이다." 곱씹을수록 옳은 말이라고 생각한다. 일단 내가 그렇게 살았다. 나는 노인이 되어가는 내 부모님을 사랑한다. 하지만 어린 시절 그분들이 홧김에 내뱉은 상처를 주는 말들에 대한 기억은 사라지지 않는다는 게 참 유감이다.

　중학교 시절 아버지에게 성적표를 보였을 때 아버지는 한숨을 내쉬며 낙심하는 얼굴로 이렇게 말씀하신 적이 있다. "너, 이놈의 새끼! 대가리에 뭐가 들었는데 성적이 이따위냐. 너 이래서 고등학교나 가겠니? 대가리에 뭐가 들었어? 엉? 대가리에 똥만 들었냐?" 그러고는 성적표를 휙~ 내 얼굴에 집어 던지셨다. 나는 곧장 내 방에 들어가 불도 켜지 않은 채 구석에 앉아서 나도 모르게 흐르는 눈물을 닦지도 않고 이런 망상을 했다. 의사가 오는 것이다, 우리 집에. 그리고 내 방에 들어와 메스로 내 뒤통수를 긋는다. 그런 다음 내 머리 혈관을 자르고 그 안에서 똥을 찾아내는 것이다. 나는 아버지의 말씀에 근거하여(?), 정말 내 머리에 똥만 들어 있어서 내가 무얼 외워도 외워지지 않고, 이해력도 떨어져 공부를 못하는 줄 알았다.

어머니 역시 남기신 말씀이 있었다. 역시 성적 때문이다. 그 시절에는 성적이 원수였다. "아휴, 넌 성적이 이게 뭐니. 아유, 정말 너는 실패작이다 실패작!" 대가리에 똥만 들었다는 말보다 내 존재를 부정하는 어머니의 말이 더욱더 가슴을 후벼 팠다.

내 연구실과 집에는 1만 권 이상의 책과 자료가 쌓여 있다. 30년 가까이 미친 듯 책을 사들이며 공부를 했다. 대학에서 강의를 하므로 책이 필요했지만 꼭 그것 때문만은 아니었다. 나중에야 깨달았다. 나는 죽어라 공부하여 내 존재를 확인받고 싶었던 것이다. 결코 내 머릿속에 똥만 들어가 있지 않음을 보여주고 싶었던 것이다. 내가 실패한 인생이 아님을 보여주기 위해 완벽주의자의 강박적 삶을 살아온 것이다.

아마 부모님은 나에게 그런 말을 하셨는지 기억조차 못하실 것이다. 나도 내 자식에게 그랬을 것이다. 성적은 아니지만 다른 일로 그 비슷한 말을 내뱉어 아이 마음에 상처를 남겼을 것이다. 인격이 무엇인가? 인격이란 부모가 자녀에게 했던 소리가 쌓이고 쌓여 만들어진 결과물이다. 그게 인격이다. 한마디로 어떤 말을 듣고 자랐느냐는 것이다.

　내가 운영하는 사이버 상담실에 어느 분이 가슴 아픈 글을 올리셨다. "아버지가 하신 말씀이 세월이 지나도 제 마음에서 사라지질 않습니다. '너만 없으면 돼!'" 이 말은 존재를 부정하는 말이다. 그분의 아버지는 무언가 자녀에게 서운해서 하신 말씀이겠지만 그렇더라도 그 말로 인한 충격은 너무 깊고 크게 전달되었다. 글을 올린 분의 말에 의하면, 자신의 인생이 힘들거나 꼬일 때에는 여지없이 아버지의 그 말이 떠오른다고 한다. 그럴 것이다. "너만 없으면 돼!"라는 말이 최면처럼 그분의 정체성을 붙잡은 것이다.

　사실 "너만 없으면 돼!"가 무엇을 의미할까? 죽어라, 사라지라는 말이다. 이 말은 자녀 가슴에 한이 맺히기 충분한 말이며 평생 잊지 못할 상처를 주는 말이다. 그런데 의문이 생긴다. 왜 그분의 아버지는 하필 자녀에게 속이 상하다고 하여 그런 말을 선택하셨을까? 대부분 그렇다. 본인도 누군가에게 들어온 말이기 때문이다. 받은 걸 돌려주는 것이다. 그런 식으로.

　내가 그 아버지의 자녀라면 그 말은 나에게 커다란 슬픔을 안겨줄 것 같다. 그래서 정말 어느 순간 보란 듯이 비참하게 죽어서 "자, 보세요. 당신 자식 드디어 없어집니다. 이제 속이 시원하신가요?" 그렇게 말할 것만 같다. 그렇다면 치유할 방법은 없을까? 아주 힘들겠지만, 그 말을 내뱉은 아버지에게 조심스럽게, 하지만 분명한 어조로 편지를 써보는 것이다. 상식 있는 아버지라면 미안하다 하겠지만 그래도 이 한마디를 고백할 필요가 있다. "아버지, 저 이 세상에 없어

　　　　제1장 ♥ 내 마음의 가시 하나

도 되는 사람 아니죠?"라고 확인을 받아야 한다.

그렇게라도 해야 그 말의 독기가 옅어질 것이다. 말이 내면화되면 자아의 일부가 되기 때문에 독한 말 한마디가 그토록 사람을 힘들게 하는 것이다. 그다음에는 심리적 맷집을 키우는 일이 중요하다. 그런 소리를 들을 때마다 스스로 그 소리를 꾸짖는 것이다. 나도 그런 소리의 희생자였다. 그러나 어느 날 의자를 앞에 갖다 놓고 나에게 그런 비난을 쏟아내는 실체가 그 의자에 있다고 상상한 뒤 의자를 향해 삿대질을 하고, 욕도 하고, 큰 소리도 치고, 의자를 들어 바닥에 내동댕이치기도 했다. 애꿎은 의자만 망가졌지만 나는 한 번도 느껴보지 못한 희열을 느꼈다. 그 후 지금까지 그 소리는 단 한 번도 들린 적이 없다. 내 자아가 그 소리를 이겨낸 것이다.

몸의 건강은 면역의 문제라는 말처럼, 마음도 면역력을 높이면 된다. 마음에서 부정적인 소리, 부정적인 염려, 부정적인 느낌이 들수록 스스로 그런 소리를 꾸짖으며 버릴 건 버리고, 연약한 감정은 보듬으면 된다. 그럴 때 상처는 기억으로서만 존재한다. 상처가 내 마음을 지배하는 통제력은 사라진 지 이미 오래다. 그러므로 상처는 알고 보면 종이호랑이다.

때로는 마음도 체한다

때로는 마음도 체한다

우리 몸은 음식물을 먹어야 생존할 수 있고 활동할 수 있다. 근데 먹고 체하면 큰일이다. 먹은 것이 제대로 '소화'되어야 몸이 산다. 먹은 것이 체하면 몸이 고통받는다. 어디 음식물만 그런가? 마음도 마찬가지다. 우리가 대인 관계, 특히 우리가 기대하고 권위를 부여한 부모, 자녀, 배우자, 친구, 애인, 믿었던 누군가에게 상상할 수 없는 말을 들었다면 그 당혹스러움은 우리를 완전히 혼란에 빠뜨릴 것이다. 그러면 심리적으로 소화가 안 된다. 바로 마음이 체하는 것이다.

그런데 몸은 체하면 속이 아프거나 더부룩해지지만 마음은 체해도 아무 변화가 없다. 왜냐하면 우리 마음은 충격을 받으면 마치 그것이 없는 것인 양, 아무 일 없는 듯 '억압'을 하기 때문이다.

때문에 우리는 큰 사건을 접했을 때 순간적으로 잘 대처하지만 그 사건을 모두 정리한 어느 날, 아무렇지도 않은 사소한 일이나 순간에 갑자기 무너지면서 자살 충동까지 느낀다. 하지만 이는 지극히 정상적인 반응이다. 우리의 마음은 늘 그렇게 진화하고 생존하면서 자신을 방어해왔기 때문이다.

한데 자주 마음이 체한 사람들은 그걸 미련할 정도로 쌓아놓고 쌓아놓다가, 어느 날 스스로도 감당을 못하고 만다. 그럴 때 마음은 독기를 내뿜으며 몸에게 명령한다. "아파서 죽어라!" 그리고 몸이 아파온다. 그때부터는 백약이 무효다. 마치 무당이 되기 전 신병에 걸린 것처럼 이유 없이 몸이 아프다. 나은 듯하다가도 갑자기 다시 아프다. 그래서 미치게 만든다.

대개 착한 사람들, 권위자의 말에 "아니요, 싫어요, 못해요"라고 말할 줄 모르는 착해빠진 인생들이 그런 환장할 증세를 몸으로 겪는다. 전형적인 심인성 증상이다. 사실 그들은 죄가 없다. 죄가 있다면 제 한 몸 방어할 힘이 너무너무 없었다는 것뿐. 그저 자기 하나만 희생하면 가족도 행복해지고, 엄마 아빠도 안 싸우고, 친구들도 문제없고, 세계 평화에 기여한다고 생각하기 때문이다.

몇 년 전 내 수업을 듣던 여학생 하나가 자살한 사건이 있었다. 늘 맨 앞자리에서 한 학기 내내 뭔가 열심히 적으면서 수업을 듣던 학생이었는데 달리는 기차에 몸을 던진 것이다. 여학생은 착한 성품에 형제들 사이에서도 모범적이었다. 오빠와 남동생은 자기주장이 강했지만 이 학생은 순종적이고 희생적이었다. 평생 싸우는 부모 밑에서 자란 여학생은 어느 날 자기 등록금 문제로 다투는 부모를 보고 그날

유서 한 장 없이 기찻길로 나갔다. 그런데 그 부모가 자식 장례식에서 한 일이 무엇인 줄 아는가? 서로를 탓하며 또 싸웠다. 아이의 죽음이 무슨 의미가 있었을까? 나는 그날 밤 가슴 저미게 울었다.

나 하나 죽으면 모든 게 해결된다고? 엄청난 착각이다. 절대 안 바뀐다. 바뀌는 건 아무것도 없다. 엄마 아빠는 다시 싸우고, 가족의 징그러운 문제는 전혀 변함없고, 친구들은 언제나 무심하다. 죽어야 그게 아니었음을 자각하겠지만 죽었는데 무얼 어쩌랴. 답답하고 안쓰럽고 속상하고 울화가 치민다.

나는 간혹 우울증에 감사하곤 한다. 나는 우울해지면 무언가 내가 분명한 걸 선택해야 한다는 신호로 받아들인다. 그래서 일부러 비싼 한우집에 가서 나 혼자 고기 2인분을 먹고 온다. 먹고 나면 몸이 즉시(?) 좋아지는 희한한 체험을 한다. 아님 노래방에 가서 나 혼자 노래를 부른다. 내 본능에 충실해진다. 자고 싶으면 자고, 먹고 싶으면 먹는다. 아무리 비싸도 먹는다. 혹시 내가 우울한 게 누군가에 대한 원망 때문이라면 씨발 × 까라 미친 쉐끼……. 그(놈 혹은 년)를 마구 욕한다. 버스가 많이 다니지만 사람은 별로 안 다니는 그런 곳으로 가서 평소 입에 담지 못할 욕설을 퍼부어댄다.

그것도 안 되면 짐승처럼 울부짖는다. 굴다리 밑으로 가서 어흥 어흥…… 하고 운다. 그러면 우울한 감정들이 거짓말처럼 사라진다. 그래서 나는 우울할라치면 내가 왜 우울해야만 하는지 그 이유를 나 자신에게 분명히 설득시킨다. 왜냐하면 그냥 우울한 건 없기 때문이다. 그렇게 해야 내가 산다.

마음은 몸 같다. 그 생리가 참으로 몸의 생리와 유사하다. 굳이 말하자면 마음은 간(肝) 같다고 할까. 간은 큰 병이 오기 전까지 티를 내지 않는다. 마음도 그렇다. 그러나 간이 티를 내면 고칠 방법이 없다고 한다. 마음도 그렇다.

몸이 아플 때 가장 좋은 건 속을 비우는 금식이다. 짐승들은 그렇게 함으로써 자기를 지킨다. 때문에 몸이 아플 땐 굶는 게 좋다. 마음이 아플 때엔 아픔의 요소를 자꾸 들여놓으면 안 된다. 멀리해야 한다. 누군가를 좋아했거나 사랑했어도 그 대상을 마음에서 멀리 두어야 한다. 미워해서도 사랑해서도 안 된다.

그게 어찌 가능하냐고? 죽을 만큼 아파보라. 죽을 만큼 아프다 보면 다른 사람은 눈에 안 보인다. 당장 죽어가는 사람이 다른 사람 생각하는 것 보았는가? 죽어가는 사람은 자기 자신에게만 몰입한다. 창자가 끊어질 정도로 설사가 나온 적이 있었는가? 그 순간 이성이, 사랑이, 낭만이 생각나던가? 죽을 만큼 아파보면 자신을 사랑하는 것이 무엇인지 희미하게 자각하게 된다. 죽을 만큼 아파본 사람만이 그토록 맛나게 먹던 음식도, 그토록 껌 씹듯 입에 달고 살던 담배와 술을 끊는다. 그리고 입이 싫어하는 음식도 먹고 몸을 움직인다. 당신이 그걸 못한다면 아프기만 했지 죽을 만큼 아파보지는 않아서 그럴 것이다.

그러니 마음을 너무 억압하지 마라. 너무 착하게 굴지도 마라. 몸이 강한 것 같아도 실은 연약하듯, 마음은 말할 것도 없다. 마음을 돌보라. 남(가족이든 친구든 누구든)을 돌보지 말고 자기 자신을 돌보라. 마음이 몸 같으니……

판단에서 이해로

　일본의 동화작가이며 융 심리학자였던 가와이 하야오는 거짓말 잘 하는 아이를 만나면 "너는 참 상상력이 풍부한 아이로구나"라고 칭찬했다고 한다. 그는 거짓말은 풍부한 상상력(?)에서 나온다고 여긴 것이다. 또 화를 잘 내는 아이에게도 "너는 감정이 풍부하구나"라고 긍정적으로 말해주었다고 한다. 나도 가와이의 이런 태도에 감동하여 상담실에 의처증이나 의부증 증세를 가진 분들이 오면 과거에는 '편집증'이라는 병적인 정체성을 부여했지만, 이제는 그들에게 그런 의심병의 근원은 병이 아니라 '관심'이라고 말해준다. 즉 의처증이나 의부증은 배우자에 대한 관심이 너무 많은 것이다. 그 관심의 밑바닥에는 "나만 사랑해달라"고 하는 아이 같은 바람이 깃들어 있다.

　상담을 하다 보면 사람마다 제각각 사연이 있고 환경이 있는데, 그 사람이 지금 어떤 증세로 고민을 하든 거의 다 이해된다. 나는 절대 내담자(來談者)나 환자들이 잘못되었기 때문에 그런 증세를 보인다고 생각하지 않는다. 그들은 주어진 환경에서 그렇게 반응했을 뿐이다. 그 반응이 증상이 되기도 하고 정신증이 되기도 한다.

환경이 나빠 만들어진 정상적 병리 현상인데도 대부분 자신이 처음부터 문제가 있고 병자이기에 그렇게 되었다고 스스로를 낙인찍고 스스로를 오해한다. 하지만 누구라도 그런 환경에 처하면 그렇게 반응하지 않을까 싶다.

예전에는 세상이 선과 악의 이원론적 구도로 만들어진 곳이라고 생각했다. 선과 악의 구별은 분명 필요하지만 살아갈수록 우리가 '악'이라고 판단한 것이 정말 악하기 때문에 악인 것은 아님을 깨닫게 되었다. 사람을 잔혹하게 살해한 연쇄살인범이라 해도 어떻게 사람이 저럴 수 있을까 싶지만, 그 사람의 성장 과정과 결코 행복할 수 없는 유아기나 유년기를 보낸 이야기를 듣고 나면 성 아우구스티누스의 말이 떠오른다. "죄는 미워하세요. 그러나 죄인은 미워하지 마세요." 물론 유족들은 살인자에 대해 그 어떤 연민도 느낄 수 없을 것이나 제3자의 입장에서 보면 살인마의 죄가 이해되는 게 아니라, 살인마가 되어가는 과정이 이해된다는 것은 어쩔 수 없다.

상담을 공부하던 초창기에 읽은 책에는 잊을 수 없는 이야기가 나온다. 한 청소년 상담자가 16세 소녀와 상담한 장면이다. 소녀는 매춘을 하다 몇 번이나 경찰서에 잡혀 들어왔다. 미성년자였기 때문이다. 소녀는 훈방되고 나서도 아버지 또래의 남자들을 만나 관계를 맺었다. 손쉽게 돈을 벌기 위해서였다. 제 집 드나들듯 경찰서를 오가는 이 소녀에게 여러 명의 상담자가 달려들어 위로도 하고, 훈계도 하고, 교훈도 주고, 법적으로 주의도 주었지만 상담은 전혀 나아질 기미를 보이지 않았다. 그리고 책의 저자는 이 당돌한 소녀를 상담하게 되었다. 상담실에 오자마자 소녀는 다리를 꼬고 껌을 씹으며 상담자에게 "어린 시절 말해줄까요? 맨날 그런 거 물어보던데요? 아저씨는 어린 여자 어떻게 생각해요?"라고 말했다. 여러 상담자를 쇼핑했던(?) 소녀에게는 그 어떤 상담 기법도 통하지 않았다. 상담자는 상담을 중단했다. 그리고 소녀에게 한마디만 하고 방을 나가겠다고 했다. "얘야, 넌 내가 보기에 네 또래 아이들보다 세상을 엄청나게 빠른 속도로 알아차린 것 같구나. 그건 아무나 그럴 수 있는 게 아니란다. 비록 부정적인 모습을 더 많이 보았겠지만, 아직도 응석만 부리는 내 딸아이에 비해 너는 세상을 10년, 아니 어쩌면 20년 정도 더 빨리 알았는지도 모르겠구나." 그러자 소녀가 놀라운 반응을 보였다. 씹던 껌을 뱉더니 상담자를 바라보며 이렇게 말했다. "아저씨처럼 말해주는 사람이 없었어요." 상담실에 잠시 침묵이 흐른 후 소녀는 드디어 속에 있던 울분을 터뜨리며 아픈 과거사를 고백하기 시작했다.

상담자는 그 소녀의 모습에서 도덕적 판단, 교훈이나 설득을 한 것이 아니라, 있는 그대로의 모습에 대한 느낌을 말해주었고 그 진심에 소녀는 처음으로 마음의 문을 열게 되었다.

한때 우리는 우리가 가진 약점을 모두 극복하거나 없애야 한다는 말을 들어왔다. 한데 누군가 충격적인 해석을 해주었다. 약점은 장점

때로는 마음도 체한다

을 극대화하기 위해 존재하므로, 약점을 없애려 하지 말고 장점을 확대하라고.

　우리는 자신을 이해하기보다 판단하는 일에 익숙하다. 그러나 조금만 다른 마음으로, 다른 시선으로 자신을 바라보자. 한심한 것이 아니라 '인간적'인 것이며, 못난 것이 아니라 '되어'가는 공사 중인 인생이어서 그런 것이라고. 그렇게 바라보아야 고된 현실이 그래도 좀 희망적이지 않은가!

나를 보듬어주세요

　개인적으로 수많은 내담자들을 만나면서 그들이 너무 외롭고 고립된 내면의 고통을 안고 상담실에 온다는 사실을 알았다. 그러다 보니 대부분의 내담자들은 그 고립감 속에서 경험하는 자신의 내적 갈등과 망상들 그리고 여러 증세들을 통해 스스로 "내가 좀 이상하다, 내가 아무래도 미친 것 같다, 병에 걸린 것 같다……" 등등 자신에 대한 피해망상적인 생각을 철저히 고수하고 있다.

　나는 그런 분들에게 진심으로 한마디 해준다. "정상이십니다." 그리고 왜 정상인지 상세하게 내면의 갈등에 대해 해석해준다. 자신은 항상 의심이 많다고 고민하는 내담자가 있었다. 누군가 자기에게 잘해줘도 의심스럽고, 못해주면 왜 못해줄까 하며 의심해왔다. 그러다 보니 다가오는 사람이 한 명도 없었다. 자신에게 다가올 때마다 의심했으니 말이다. 나는 그와 대화하면서 어린 시절 어머니가 산후우울 증으로 자신을 돌보다 갑자기 며칠씩 집을 비우고 친정에 갔다가 돌아오곤 하는 일을 반복했다는 이야기를 들었다. 그러다 보니 아버지는 옆집 과일 가게 아주머니에게 자신을 잠시 돌봐줄 것을 부탁했는데, 이 아주머니 역시 아기를 돌보다 손님이 오면 그와 한참을 대화하다 아기가 울면 그때 잠깐 우유를 준 후 다시 나가기를 반복했다고 한다. 아무리 들어도 그가 누군가를 신뢰할 수 있을 상황이 아니었다. 그의 의심하는 버릇은 이상한 반응이 아니라 정상적인 반응이었다. 그런 어린 시절을 보낸 사람이 어떻게 사람을 신뢰하겠는가!

우리는 모두 다 정상이다. 다만 너무 아프다 보니, 너무 힘이 들다 보니 스스로를 이상하게 생각할 뿐이다.

사람은 제각각 다 그럴 만한 사연이 있고(내면에 부정적인 초자아가 강한 사람은 그 사연을 핑계라고 깎아내리겠지만), 그럴 만한 자기만의 한계가 있고 이유가 있는 것이다. 그것을 있는 그대로 수용하고 긍정하고 인정하는 데서부터 진정한 치유가 시작된다고 믿는다. 나는 나를 찾아오는 모든 내담자의 마음속에 있는, 치유받고자 하는 열망이 그들을 스스로 치유한다고 믿는다. 나는 그 치유의 길을 잘 걸어갈 수 있도록 안내하는 역할만 할 뿐이다.

경란 씨는 한 달에 한두 번 상담실을 찾는 내담자다. 그녀는 40대 초반에 약간 중성적인 이미지를 갖고 있으며 화장을 거의 하지 않고 다닌다. 경란 씨는 아주 작은 것에 감정을 드러낸다. 한 예로 국화차 한 잔을 대접했는데, 그 냄새를 맡고는 어린 시절 할아버지가 자기를 데리고 고향 길을 걸을 때 맡던 냄새라며 그 이야기만 20분을 했다. 그리고 주어진 한 시간이 가까워오자 그제야 자기가 무슨 말을 하려고 상담실에 왔는지를 한참 생각했다.

나는 상담 중엔 가급적 내담자의 말을 많이 들으려 하는 입장이어서 특별한 경우를 제외하고는 말을 끊지 않는다. 아무리 엉뚱한 이야기일지라도 다 의미 있다고 보기 때문이다. 경란 씨는 상담할 내용을 갖고 왔지만, 그녀가 국화차 냄새에 그만 모든 걸 잊고 어린 시절 할아버지와 손잡고 다니던 고향 길에 관한 말만 하는 것은 무의식적으로 다른 메시지를 갖고 있는 것이다.

그것은 바로 할아버지처럼 다정하게 자신을 이끌어달라는 무의식의 간접 메시지였다. 경란 씨는 어린 시절이 행복하지 않은 사람이었다. 그녀는 항상 자신이 자폐아처럼 살았다고 했지만 사실 그녀의 삶 어디에도 그런 흔적은 보이지 않았다. 다만 그녀는 외로웠고 이야기를 나눌 사람 하나 없이 자랐다는 것은 분명했다. 오빠 둘, 언니 둘이 있지만 오빠들은 남자라서 교감할 게 없었고, 큰언니는 나이 차가 많아 편하게 대화할 만한 상대가 아니었다. 유일하게 대화를 나눌 만한 사람은 바로 위 언니였는데 그 언니마저도 내성적인 성격의 소유자라 속마음을 털어놓은 적이 없었다.

그녀의 아련한 기억 속에 유일하게 대화를 나눈 사람은 그녀가 초등학교 저학년 시절 하늘나라로 가신 할아버지였다. 할아버지는 아무도 신경 쓰지 않는 이 선머슴처럼 생긴 손녀를 아끼셨고, 그래서 경란 씨는 할아버지 이야기만 하면 눈물을 흘리는 바람에 상담실에 있는 휴지 한 통이 금세 동이 났다.

외롭게 자란 사람들은 자신의 감정을 누군가가 확인해주지 않았기에 자기가 느끼는 것이 어떤지 객관적으로 이해하지 못한다. 자기가 어떤 감정을 드러내도 그걸 받아주는 사람이 없을뿐더러 그녀의 어머니는 매사에 무시, 비난, 정죄, 훈계가 전부였다. 경란 씨는 지금도 어머니를 혐오한다. 자기밖에 모르는 어머니, 이중적인 어머니에 대해 그녀는 할 말이 많다. 한번은 비 오는 날 부침개를 먹고 싶다고 이야기하자 그날따라 웬일인지 어머니가 선선히 부침개를 부쳐주었단다. 자신의 부탁을 들어준 어머니가 고맙기도 하고 배도 고파 허겁지겁 부침개를 먹고 있는데 곁에 있던 어머니가 이렇게 말했다. "돼지같은 년, 먹는 거 하나는 잘하네. 지 엄니 먹어보라는 소리는 안 하고 지 입만 입인가?"

그 일 이후로 경란 씨는 더 이상 자기감정을 드러내지 않았다. 그녀는 평생 자기가 이상한 사람인 줄 알아왔다는 것이다. 그러니 주위에 친구도 없고 추억도 없었다. 할아버지가 유일한 추억이었다.

상담실에는 경란 씨 같은 사람들로 가득하다. 내가 미친 것 같다고, 의사가 정신분열증이라 했다고……. 그러나 자신이 정신분열증 환자라고 말하는 정신분열증 환자는 없다. 그런 진단은 신중에 신중을 기해야 하는데 의사들 중에는 무슨 근거로 멀쩡한 사람에게 '분열증'이라는 낙인을 찍는지 궁금할 뿐이다. 환청이 들리고 관계망상이 심해지면 분열증 초기 증세가 맞지만, 적어도 왜 그런 증상이 그 시기에 어떤 이유로 일어났는지 자세히 살펴보고 그 이유를 환자에게 설명해주는 것이 약을 처방해주는 것보다 더 중요한 일이라고 본다. 분열증 진단을 받은 환자는 그 순간부터 자신이 분열증 환자라는 정체성을 갖고 평생을 살아가야 할지도 모른다. 그러한 고통은 분열적인 증세 이상으로 그에게 고통이 될 수 있지 않은가.

사실 인과관계를 살펴보면 환자가 될 수밖에 없는 정상인이 내 앞에 앉아 있다. 나라도…… 아니, 어느 누구라도 그 사람과 같은 환경에서 살면 그런 증상을 갖지 않을 수 없다는 것이 나의 생각이다.

그들은 한결같이 말한다. 자신의 증세가 궁금한 게 아니라 자기를 보듬어달라고. 자기가 이상한 게 아니라면 자신의 증세를 설명해달라고 말이다. 그들은 사람들이 자신들을 환자가 아닌 평범한 사람으로 바라봐주길 바란다. 사람처럼 살고 싶었지만 그렇게 살 수 없었던 과거가 있는 사연 많은 사람으로 말이다.

감정대로 살아도 괜찮아

어느 날 문득 '후회 없는 삶이란 무엇일까?' 하고 스스로에게 물어보았다. 후회 없는 삶이란 보람된 삶이요, 타인을 위한 베풂의 삶이겠지만 나 자신에게만 국한해볼 때는 그저 내가 느끼는 감정대로 살아보는 것이라는 다소 위험한 답이 나왔다.

한데 이게 말이 될까? 감정대로 산다? 말은 그럴싸하지만 누군 그렇게 살고 싶지 않아서 마음에 중증의 병이 찾아오고 몸에 중증의 심인성 질환이 찾아오겠는가. 그런데 분명한 것은 감정이라는 것, 무언가를 '느끼는' 그 자체는 분명 죄도 아니고, 체면도 아니고, 억압도 아니고, 잘못도 아니라는 것이다. 다만 우리가 살아가는 문화가 특정한 감정을 느끼는 것, 느꼈다는 그 자체만으로도 스스로를 책망하고 (가혹한 초자아의 비난이리라) 그런 감정을 느끼지 않았다고 부인하면서 자

때로는 마음도 체한다

신을 억압하는 그런 상황을 많이 직면해왔기에 어떤 감정을 느껴도 그 감정이 이 사회에서 수용할 수 있는 감정인지 혹은 체면이 깎이는 감정은 아닌지 자꾸 검사하게 되는 것이다.

그런데 이런 말이 있다. "유머를 해부하면 남는 게 없다." 유머는 그저 웃으면 그만이다. 웃으라고 한 말이니까. 유머를 듣고 너무 진지하게 생각하고 왜 저런 말을 할까 하고 되묻는다면, 그 유머는 절대 유머일 수 없다. 마찬가지로 어떤 감정이 느껴질 때 그 감정을 긍정하고 수용하고 표현해본다면 분명 그 사람은 행복감 혹은 만족감을 느낄 것이다. 하지만 감정을 억압하고, 표현해봤자 뭐하나 하고 자책한다면 그 감정은 꽃 한번 피워보지 못하고 사그라지고 말 것이다.

어린 시절에 너무 많은 좌절과, 너무 많은 거절 때문에 성취감을 제대로 느껴보지 못하고 자란 사람은 생각만 많고 우울하고 열등감이 많을 것이다.

정신분석학자 로널드 페어베언은 이런 말을 했다. "어린 시절 좋은 경험은 내면화되지 않지만 억압되고 좌절된 모든 경험은 내면화로 이어진다." 여기서 내면화란 어려운 말이 아니다. 그저 가랑비에 옷 젖듯 나를 키워주고 나와 함께 살아온 부모의 영향력을 흡수하여 자기 인격과 성격의 일부로 만든다는 말이다. 일단 사람은 뭔가가 이뤄지지 않으면 속으로 움츠러들게 되어 있다. 반면 뭔가를 성취하면 감탄하거나 감정을 표출한다. 이처럼 감정은 표출됨으로써 스스로를 확인받는다. 감정은 스스로를 보호하려고 한다. 그래서 감정에 상처를 받으면 스스로 감정을 억압하는 방식으로 감정 자체를 보호하려

는 측면이 있다.

나이 들어갈수록 나를 인간 변상규가 아닌 교수 변상규, 상담자 변상규, 작가 변상규로 보는 사람들이 늘고 있음을 느낀다. 다 맞는 호칭이지만 나는 나 자신을 그저 늘 나약한 인간 변상규로 느끼며 살고 있다. 오늘도 어제도 많은 분들 앞에서 온몸으로 강의를 하지만, 강의가 끝나고 버스나 지하철 유리창에 얼비친, 눈 밑이 다크서클로 얼룩져 피곤에 찌들어 있는 나를 보면서 '너 오늘도 버텼구나' 하고 스스로를 위로하곤 한다. 요즘 감정을 억압하고 사는 까닭에 인간 아무개로 살지 못하는 시간이 늘어날수록 '멍 때리기'가 늘어나는 것 같다.

감정은 어디까지 표현해야 할까. 어느 만큼 억압하면 될까. 그렇게 표현하거나 억압하면 감정은 제 할 일을 다한 것일까. 오늘 외국에서 오래 살다 오신 선생님과 대화를 나누던 도중에 그분이 한 말이 하루 종일 머릿속에서 떠나질 않았다. 외국(유럽) 사람들이 한국에 몇 년 살다 보니 한국 사람들이 참 친절하고 좋은데, 늘 표정이 어둡고 심각하다는 것을 느꼈다는 것이다. 그리고 감정들을 속 시원히 털어놓는 대신 돌려 말하거나 뒷담화를 많이 한다면서 왜 이렇게 한국 사람들은 감정을 참고 사는지 모르겠다고, 아니 감정을 표현하면서 살아가는 게 정상 아니냐고 했단다. 같이 살아도 이런 한국 사람의 심리를 좀처럼 이해하기 어렵다는 이야기까지 덧붙이면서. 선생님은 외국 분에게 이렇게 대답했단다. 한국 사람은 본래 그렇다고, 한(恨)이 많은 민족이라 그렇다고……. 한데 그런 군색한 대답을 하면서도, 마음속에서는 도대체 그놈의 한을 언제까지 우려먹어야 하는지, 감정을 극도로 억압해 만든 한이 한국인만의 특허인(?) 양 말하는 게 정상인지 혼란스러웠다고 말했다.

〈갑돌이와 갑순이〉 노래 가사를 생각해보라. "갑돌이와 갑순이는 사랑을 했더래요. 그러나 서로서로 모르는 척했더래요." 아니, 아는 척을 해야지 왜 모르는 척해야 할까. 1970년대의 아이콘인 '트윈폴리오'(세시봉 친구들)를 대표하는 노래 〈웨딩 케익〉의 가사도 그렇다. "이제 밤도 깊어 고요한데 창문을 두드리는 소리 (……) 이제 나는 가네(내일 결혼) 사랑치 않는 사람에게로~." 미친 것이다. 사랑해도 힘든 게 결혼인데, 사랑하지 않으면서 결혼식은 왜 할까. 우리는 모두 이런 노래를 부르며 살아왔다. 〈들장미 소녀 캔디〉의 노랫말처럼. "외로워도 슬퍼도 나는 안 울어. 참고 참고 또 참지 울긴 왜 울어. 웃으면서 달려보자, 푸른 들을……." 사실 늘 이 가사가 마음에 걸렸다. 어떻게 슬픔을 참은 아이가 웃으면서 들판을 달릴 수 있을까. 그 뒤에 이어지는 가사는 더 이해가 안 되었다. "나 혼자 있으면 어쩐지 쓸쓸해지지만 이럴 땐 얘기를 나누자 거울 속의 나하고." 거울 속의 나랑 도대체 무슨 이야기를 나누라는 것일까? 후렴이 나온다. "웃어라 웃어라 웃어라 캔디야~." 이 가사는 정말 이해되지 않는 미스터리였다. 그건 미친 증세다.

예의, 체면, 눈치, 어른, 신앙, 도리…… 이런 것들 때문에 죽은 듯이 살아온 감정. 그러나 아는가? 그렇게 살다 보면 나이 들어 한이 맺힌다는 사실을. 프로이트의 말처럼 마치 억압의 대가가 인간의 문명이듯 감정의 거세와 감정의 억압은 나중에 지독한 우울증과 소외

감을 겪게 한다. 한마디로 사는 게 재미가 없어진다는 것이다. 한데 그런 좌절과 거절이 많을수록 마음속의 공상은 점점 더 커진다는 게 문제다. 비현실적인 공상만 증가하는 것이다.

온 국민이 우울증 환자 같다. 왜 그럴까. 가정이나 학교에서 감정을 표현하는 법이나 푸는 법을 배운 적이 한 번도 없기 때문이다. 좋아하는 감정을 느끼는 대상에게 고백할 수 있는 용기도 격려받지 못했고 표현할 방법 역시 배운 적이 없다. 문득 생각해보면 어린 시절 여학생들이 고무줄놀이를 하면 칼이나 가위로 고무줄을 끊어 여학생들의 원성을 듣는 것으로 관심을 드러내야 했던, 정말 미숙하기 그지없는 방법이 유일한 감정 표현이었다. 감정이 외친다. 꿈으로 외치고 몸의 증상으로 외치고 허무의 증상으로 외친다. 감정을 만나보라. 그리고 진정한 '나'가 되어보라.

그러나 아이러니하게도 감정이 가장 싫어하는 감정이 두려움이다. 두려움 때문에 아무것도 못한다. 그러니까 감정은 누구나 다 갖고 있지만 사실은 용기 있는 자의 몫이다. 자기감정에 대해 용기 있는 자 말이다. 그대는 그런 용기를 내본 적 있는가!

거절감의 깊은 상처

거절감만큼 깊은 상처가 또 있을까. 그것도 순수했던 어린 시절, 그저 존재만 있던 시절의 거절감은 아기의 뇌를 바꿔놓고 대인 관계의 두려움을 자아낸다.

내가 아는 한 내담자는 서울에서 지방으로 이사 와 교회를 다니는데 가는 교회마다 자신을 있는 그대로 받아들이기는커녕 '서울 사람이 지방에 내려와 건방지다', '뭘 많이 아는 체하는 거 같다'는 둥 교만하다는 소리를 들었다. 바른 소리 잘하고, 궁금한 것은 그냥 넘어가지 못하는 성격이어서 목사님이나 교인들을 만나 교회가 이렇게 하면 더 좋을 것 같다고 제안한 것인데 사람들은 "새 신자가 말이 많다. 서울에서 와서 그러나? 좀 배웠다고 아는 체하느냐?"며 돌아오는 건 비난과 경계의 눈초리였다.

그녀는 항상 말이 없고 무얼 물어보면 외마디로 답하는 엄마 밑에서 자라 궁금한 게 너무 많고 답답한 게 많은 어린 시절을 보냈다. 성장해서 보니 엄마는 우울증을 앓고 있었던 것 같다고 했다. 문제는 엄마가 아빠와 다투거나 기분이 안 좋으면 가장 만만한 딸에게 분노를 퍼붓곤 했다는 것.

이렇듯 어린 시절에도 거절받은 상처가 깊었는데 내가 왜 이 나이 먹어서 또다시 낯선 사람들에게 이런 대접을 받아야 하느냐고 절규하면서 "난 지옥만 안 간다면 지금 당장 자살하고 싶어요" 하며 울부짖던 그녀의 모습이 눈에 선하다. 이 지독한 거절감의 상처 때문에 사람을 두려워하고 인생을 제대로 누리지 못하고 고민하며 살아가는 사람들이 참 많은 것 같다.

대상관계 이론의 어머니라 불리는 멜라니 클라인도 어린 시절 의사 아버지의 무릎 위에 앉고 싶어 했는데 "저리 가라!"는 말 한마디에 평생 거절당한 상처를 지닌 채 살았다고 한다. 돌아가신 나의 큰이모도 외할아버지에게 커다란 상처를 받고 산 분이었다. 큰이모 어린 시절, 친구들과 함께 들과 산으로 놀러 가다 마을에 무성영화를 상영한다는 소리를 듣고 친구들과 천막으로 된 영화관에서 난생처음 영화라는 것을 보고 집에 들어왔는데 "어디 갔다 왔느냐"고 묻는 아버지의 질문에 영화를 보고 왔다고 하자 어린 이모를 번쩍 들어 바닥에 내쳤다고 한다. "어디 계집애가 영화를 볼 수 있느냐"는, 어처구니없는 이유였다. 외할머니 말로는 그때부터 큰이모는 외할아버지와 완전히 심리적인 단절을 했다고 한다. 외할아버지는 가족을 멀리한 사람이었다. 그 거절감의 상처는 이모들과 나의 어머니에게 그리고 심지어 나에게까지 큰 영향을 미쳤다.

내가 운영하는 블로그 상담실에 어떤 분이 글을 남겼다. 자신은 어린 시절부터 글이나 무언가를 배울 때 그 내용보다는 그걸 가르쳐주는 대상, 즉 아버지의 표정이나 말투에 더 많은 신경이 쓰였다는 사연이었다. 이런 경우는 자율성을 완전히 상실한 경우다. 영국의 소아정신 의학자였던 도널드 위니컷은 인간이 출생하면서 자신만의 참자기(true self)를 갖고 태어난다고 했다. 그리고 참자기는 심하게 울기, 방긋방긋 웃기, 젖꼭지 깨물기, 손짓·발짓으로 표현된다고 했다. 즉 유아가 자신을 표현하는 모든 행동이 참자기의 표현이라는 것이다. 그런데 이런 참자기가 살아나려면 어머니의 반영이 반드시 필요하다고 말한다(이러한 반영은 훗날 공감의 원천이 된다).

반영이 있으면 아기는 자신의 참자기를 더욱 발전시켜나가지만, 반영이 없거나 미약한 반응을 보이면 아기는 허망함을 느끼고 자신의 참자기를 마음속 깊이 숨긴다. 그리고 외적으로 환경(주로 돌보는 자)의 요구에 따르기만 하는 순응적 아기로 성장한다는 것이다. 그게 바로 거짓 자기다. 게다가 아기의 아버지까지 무섭거나 엄하거나 심하게 혼을 내는 사람이라면 그 아기의 자기는 완전히 얼어붙게 된다. 얼어붙은 자기를 가진 사람은 타인 앞에서 자신의 주장을 하는 데 몹시 힘들어 한다. 그런 사람은 유아 시절에 벗어야 할 나르시시즘의 껍질을 벗지 못한다. 사람은 누구나 나이 들면서 나르시시즘의 껍질을 어느 정도 벗으면서 좀 더 성숙한 나르시시즘을 지향하게 된다.

때문에 중년이 되면 잘난 체하면서도 더 이상 자신이 잘난 존재가 아님을 자각하게 되는 것이다.

만약 나이 먹어도 유아적 나르시시즘의 껍질을 벗지 않는 사람은 대인 관계가 힘들어질 수밖에 없다. 누구나 자기 나이에 맞는 정체성을 형성해야 하는데 이런 어린 시절을 보낸 사람은 자신의 정체성을 더욱 성숙시키지 못하고 자기만의 폐쇄적인 구조에 빠져들게 된다. 그건 그 사람이 이상해서가 아니다. 머리가 나빠서도 아니다. 일종의 방어다. 그러지 않으면 살 수 없기 때문에 그렇게 자신의 모습을 '만들어'버린 것이다. 그런 사람은 선생님을 만나면 선생님이 가르치는 내용보다 선생님이 웃는지 아니면 화를 잘 내는지부터 먼저 살핀다. 존재 자체를 거절당하고 자란 사람은 그렇다.

더 중요한 건 마음이 아픈 이들은 대부분 늘 무언가에 정신이 빠진 것처럼 '멍 때리기'를 하는 습관이 있다는 것이다. 그 멍 때리기를 카를 융은 콤플렉스라 불렀고, 게슈탈트 심리학에서는 미해결된 과제라 불렀으며, 우리나라에서는 한(恨)이 맺히고 한에 묶여 있다고 말한다.

그렇게 한이 맺힌 것, 바로 그에 대해 애도하고 그에 대해 인정하고 직면할 때 비로소 치유가 시작된다. 하지만 거절감의 상처가 깊은 사람은 그것 하나 인정하고 직면하는 일조차 힘들어 한다. 그만큼 흔들리는 갈대처럼 자아가 연약한 것이다.

거절감의 상처가 깊을수록 누군가에게 전적으로 수용받고자 하는 열망이 무의식에는 가득하다. 상담실에는 그렇게 거절당한 사람들로

때로는 마음도 체한다

붐빈다. 그분들의 공통점을 보면 자기가 느끼는 것이 정상인지 모르겠다는 분들이 많다. 어린 시절 울면 "왜 울어?"라는 말을 들었고, 화를 내면 "네가 뭘 잘했다고 화를 내?" 하며 꾸중을 들었고, 웃으면 "지금 웃음이 나오니?"라는 말을 들었던 사람들이다. 때문에 그들은 자신의 감정을 믿지 못하겠다고 한다.

거절감은 아픈 감정이다. 정상적인 감정이 거절을 당해서 상처가 생긴 것이라면 이제 아픈 감정을 수용하고 자신이 결코 거절받을 만큼 하찮은 존재가 아님을 자각하는 것만으로도 치유는 시작된다.

거절감은 전적인 수용을 통해 치유가 시작된다. 거절감에 아파하는 사람들은 자기 감정, 자기 존재가 모두 거절을 당하고 살았기 때문에 자기를 신뢰하지 않고 다른 사람 역시 신뢰하길 두려워한다. 따라서 삶의 초기에 망가진 신뢰 하나만이라도 회복할 수 있다면 거절감의 콤플렉스는 분명히 자신감으로 변화할 것이다. 거절감은 분명치유할 수 있는 상처다.

분노의 감정이 얼어붙은 사람

상담을 할 때 가장 어려운 대상 중 하나가 바로 중고생 특히 남자 아이들이다. 주로 어머니나 아버지의 손에 끌려온(?) 아이들이다. 내가 아이의 동의를 얻어야 상담할 수 있다고 말하면 아이들도 동의했다고 한다. 하지만 실제 아이를 보면 동의는커녕 부모 손에 억지로 이끌려온 모습이 역력하다. 그런 아이들 눈에 살기(殺氣)가 보이기 때문이다. 부모가 상담실을 나간 후 어렵게 말을 붙여보면 아이는 나를 경멸스러운 눈빛으로 째려본다. 순간 나도 울컥한다. "이런 싸가지 없는 ××가!" 이렇게 말하고 싶어진다. 그런데 정신분석학을 참 잘 배운 것 같다. 왜냐하면 정신분석학에서는 그 순간 그 감정이 상담자의 감정이 아니라고 가르쳐주기 때문이다.

즉 경멸스러운 눈빛 속에 들어 있는 모멸감, 경멸감, 적개심……

이런 모든 감정은 그 아이가 평소에 부모에게 받아오고 느껴왔던 감정이라는 것이다. 그걸 눈치채는 순간 내 감정과 네 감정이 나뉜다. 그리고 내 앞의 그 아이가 얄밉고 버릇없는 놈이 아니라, 연민의 대상이 된다. '네 눈빛이 그럴 만한 이유가 있었구나.'

화는 분명 몸에 해롭다. 그러나 화를 안 내고 살 수 없는 게 현실이다. 화가 날 때 화를 내고 살 수 있으면 그나마 건강한 사람이다. 화를 낼 힘이라도 있기 때문이다. 분노를 표출할 수 있다면 분노에 지배당하지는 않는다. 하지만 분노를 삭이고 억누르면 그것은 나중에 화병과 우울증이 된다. 그리고 그런 분노의 에너지는 탈출구를 찾다가 자신을 죽이는 자살로 향하기도 한다. 그래서 분노는 대단히 중요한 감정이다.

건강한 사람은 화를 내야 할 때 화를 '낸다'. 화가 났다고 '말을 한다'. 그렇게 하지 못하는 사람은 분을 삭이지만 그렇다고 그 분이 사라지나? 분을 잘 표현 못하는 사람의 특징은 잘 삐친다는 것이다. 잘 삐치는 사람이나 서운함을 자주 느끼는 사람은 분노 표출이 상당히 미숙한 사람들이다. 그런 이들은 '예'와 '아니요'가 분명하지 않은 사람들일 수 있다.

나는 그런 사람이 오히려 무섭다. 그런 사람은 수동적 공격성이 발달해 있다. 앞에서 말하지 못하고 뒤에서 수군거린다. 뒷담화가 많다. 물론 권위자 앞에서는 화가 난다 해도 참을 수밖에 없겠지만 그것도 하기 나름이다. 권위자는 사람 아닌가!

문제는 이 분노 감정이 얼어붙은 사람의 경우다. 한번은 내 나이쯤

된 내담자가 와서 이렇게 말했다.

"휴우, 뭐 저는, 아버지 원망…… 이제 그런 거 안 하려고 합니다. 뭐 아버지 사시던 그 시절에는 다 못 배우고 자랐고, 아버지도 가난한 농부의 자식으로 자라셨으니 뭘 배웠겠습니까. 배운 게 도둑질이라고 할아버지처럼 술에 절어 사시고 도박에 여자에…… 술만 먹으면 개가 돼서 엄마 두들겨 패고, 엄마는 화병으로 앓다 사고로 돌아가시고…… 휴, 뭐 아버지 원망해야 뭐합니까. 저는 아버지 원망, 그런 거 안 합니다. 에이, 씨……."

그는 아버지에 대해 담담하게 말하는 것 같아 보였지만 실은 답답하게, 아니 속 터지게 말을 했다. 그리고 나지막한 목소리로 한숨 쉬며 내뱉은 마지막 대목 '에이, 씨……'에서는 눈빛이 섬뜩하기까지 했다. 나는 이것을 '얼어붙은 분노'라고 본다. 분노가 얼어붙어 있다는 것은 화산이 휴면하고 있는 것과 같다. 언제 어느 순간 다시 한 번 화산이 폭발한다면, 그 산 밑에 있는 사람들은 화산재에 덮여 죽고 말 것이다.

분노의 에너지는 삶을 보존하기 위해 생긴 것이다. 그러나 사실 우리는 분노보다 짜증을 자주 낸다. 나 역시 예민한 편이라 때로 의연하게 넘어갈 문제들을 끌어안고 전전긍긍한다. 그런 모습을 보면 스스로가 한심해 보일 때도 있다. 나 역시 짜증이 많고 잘 삐치고 서운하게 한 사람에 대한 감정이 오래가는 편이다. 분노의 감정을 아직도 배워나가고 있는, 감정에 관한 한 유치원 아이와 다름없다.

얼어붙은 분노는 살아 있는 모든 감정을 잡아먹는다. 그래서 무기력해지고 나중에는 아무것도 느끼지 않으려 한다. 이것을 '냉소(cyni-cal smile)'라 한다. 냉소하며 잠수 타는 것은 수동적 공격성을 강화시키는 것이다. 과거 연애할 적에 내 피를 말린 여자는 속상하면 전화기 꺼놓고 있는 여자였다. 아무리 전화를 해도 받지 않는다. 그런 여자와 살면 제 명에 못 산다.

어느 내담자의 고백이다. 아버지가 하루는 과일을 사오고 자상한 얼굴로 식구들을 대하다가도 어느 날 갑자기 돌변하면 물건을 다 때려 부수고 공포 분위기를 조성한다는 것이다. 이런 일이 한 달에 한두 번이 아니어서 가족들은 아버지가 자상한 모습을 보이면 오히려 그 모습이 더 불안하다고 한다. 이제 헐크가 될 일만 남았으니 말이다. 분노도 습관이고 중독이다. 분노하는 사람은 평소에 화를 잘 내는 사람이 아니다. 참고 참다 결국엔 욱하는 것이다.

분노는 내면의 화(火), 즉 불이라는 말이다. 불은 다 태워버린다. 아무리 좋은 관계라도 화를 내면 다 타버린다. 끝장난다. 그래서 불교에서는 화 다스리는 법에 대해 많은 강론을 한다. 그 방법으로 불교에 호흡법과 명상이 있다면 기독교에는 기도와 고백이 있다.

나는 신 앞에서 하는 기도는 아주 적나라하게 솔직해야 한다고 생각한다. 그래서 나는 누군가에게 극도로 분노를 느끼면 신께 죄송하다고 말씀드린 후 이렇게 기도를 한다. "아, 하나님, 저 정말 이 시간 기분이 더럽습니다. 하나님, 저를 대단히 열 받게 하는 일이 생겼는데 하나님 이것을 어찌해야 할지 모르겠네요. 아 정말 그 새끼 때문에…… 아, 정말." 나는 화나게 만든 그 사람에게 직접 욕하지 않는다. 그러나 그 사람에 대한 분노를 신 앞에 가서 모두 털어놓는다. 아주 리얼하게 말이다. 욕하는 게 좋은 것이 아닌 줄 알지만 나는 아직도 화가 나면 리얼하게 욕을 해대곤 한다. 아직 내 수준이 그렇다. 하지만 그렇게 한 결과, 지금까지 안 미치고 잘 버티며 살아왔다.

분노는 인간이 갖는 정당한 감정이다. 화를 내는 그 자체는 결코 잘못이 아니다. 그 화를 어떻게 처리하는가가 중요할 뿐이다. 조선 시대 때 상놈과 노비가 전 국민의 70%였다고 한다. 배운 놈, 권세 있는 놈, 양반 놈들에게 당하고 살아왔던 민중들은 욕할 데가 없었다. 그래서 탈을 쓰고 춤을 추며 욕설로 억눌린 분노를 풀었다. 욕은 억압된 자들에게 카타르시스였다. 그렇게 해서라도 마음이 풀린다면 욕은 오히려 고마운 힐링이다. 화를 품고 사는 것보다 훨씬 낫다. 왜냐하면 풀지 못한 화는 더 큰 업이 되기 때문이다. 그래서 쌓인 업 하나에 해결되지 않은 열 가지의 꼬인 인과관계가 들어가 있는 것이다.

풀어야 한다. 풀어야 산다. 풀어야 업에서 벗어난다. 업이 끊겨야 비로소 삶과 사람이 제대로 보인다. 결국 사물을 왜곡되게 바라보는 마음에서 모든 진상이 시궁창 같은 냄새를 뿜어내는 법이다. 나는 감사하다. 내가 분노하고 있음을. 그것은 역설적으로 내 감정이 아직 얼어붙지 않았다는 증거이기 때문이다.

의무의 감옥, 명분의 감옥

나는 장남이라 책임감이 강하다. 한데 그 책임감이 건강한 자아에 바탕을 둔 것은 아닌 듯싶다. 부모님에 의하면, 나는 어머니 배 속에 서부터 내 의지와는 상관없이 하나님께 바친, 서원한 아이로 태어나고 자랐다 한다. 그래서인지 나는 어린 시절 목사 외에 다른 직업은 상상할 수 없었다. 하지만 목사라는 호칭은 들을 때마다 부담스러울 때가 많다. 목사나 신부, 스님이라는 호칭은 뭔가 남다르고 도덕적으로 완전해야만 할 것 같은 느낌을 풍긴다. 그런 의무감에 숨이 막힌다. 나는 자유로운 사람으로 살고 싶은데, 무슨 놈의 예의니 명분이니 의무니…… 다 싫었다. 내가 원한 게 아니었다.

그러나 현실은 내게 녹록하지 않다. 또다시 가면을 쓰고 가장의 의무를 다해야 하고 남편의 역할에 충실해야 하고 좋은 아빠, 강의 잘

하는 능력 있는 강사가 되어야 한다. 나뿐만 아니라 다들 비슷하게 살아갈 것이다. 내가 상담실에서 만나는 많은 내담자들은 하나같이 내면에 감옥을 만들고 사는데 그 감옥이 자신들이 만들어놓은 의무의 감옥, 명분의 감옥이다. 한 며느리는 시어머니의 사랑을 받기 위해, 착한 며느리라는 소리를 듣고 싶어 자기 몸이 아플 정도로 시어머니에게 정성을 다한다.

우리나라 사람들은 부모님에게 상처를 받은 사람이 많다. 부모가 나빠서가 아니다. 이 세상에 나쁜 부모는 없다. 미숙한 부모가 있을 뿐. 한데 그런 부모님을 너무나 미화한다. 나는 상담 중 부모님에 대한 원망을 감추려는 내담자에게는 용기를 준다. 반드시 원망하라고. 그건 원망이 아니라 '치유적 원망'이라고. 당신의 인생에서 한 번은 꼭 해야 할 원망이라고. 이 순간만큼은 당신은 그 사람들의 자식이 아니라 한 사람의 인간으로 화를 내야 하는 것이라고.

그러나 갑자기 복받친 원망이라는 감정을 터뜨리길 두려워하는 사람들은 그 순간에도 자신의 병든 양심에 지배된다. 그리고 명분을 만들어 부모를 보호한다. 그들이 괴로워하는 건 살아 계시거나 나이 들어 늙거나 돌아가신 부모가 아니다. 그들 마음속에 들어 있는 부모다. 외적 부모가 아니라 그들이 경험하고 만든 내적 부모.

대상관계 이론의 아버지라 불리는 로널드 페어베언은 그런 내적 부모를 보호하려는 집요한 노력을 '도덕 방어(moral defense)'라고 칭하며, 내면의 나쁜 대상에 대한 막연한 충성이라고 불렀다. 그래서 학대받는 아이들은 자신들의 부모를 절대 고발하지 않는다. 그들은 모든 것이 자기 탓이라고 해석한다. 그 나쁜 부모가 경찰서에 끌려가는 것을 바라지 않는다. 왜? 내 부모이기 때문이다. 없는 것보다는 그래도 있는 것이 낫기 때문이다. 그게 사람이다. 그렇게 대상을 그리워하고 대상에 대해 충성을 다하는 가냘픈 존재가 바로 인간이다.

40대 중반의 형석 씨는 형제만 넷인 가정의 막내로 자랐다. 그의 집안은 군대처럼 식사를 할 때에도 서열대로 숟가락을 들고 서열대로 잠자리에 들었다. 아버지는 가부장적인 성격의 공무원이었는데 평소에 말이 없고 술을 좋아했다. 형석 씨는 형들에게 자주 맞고 자랐다. 특히 두 살 터울의 형에게는 집요한 괴롭힘까지 당했다. 형석 씨는 권위자에 대한 분노가 이만저만이 아니었다. 그런 그에게 내가 말했다.

"너무 힘들게 사셨네요."

그러자 그는 남의 이야기 하듯 대답했다.

"에이 뭐 나만 힘들게 살았겠습니까? 우리 세대가 다 그렇죠. 보아하니 교수님도 우리 나이랑 비슷해 보이는데요."

"아, 그렇죠. 다 그렇게 살아온 건 맞는데 정말 힘드셨을 것 같아요. 특히 위의 형님에게 괴롭힘을 당하셨다면 모욕감도 느꼈을 것 같아요."

"네, 그 시절엔 다 그렇게 살았죠."

나는 이런 상담을 할 때마다 답답해진다. 그래서 단도직입적으로 물었다.

"선생님, 지금 제가 형님들이나 아버님하고 상담하는 게 아니라 선생님과 상담을 하고 있는 거 맞죠?"

"네, 그렇죠. 그런데 왜요?"

"근데 지금 말씀하시는 걸 보면 하나같이 본인의 고통을 남의 이야기처럼 하시는 거 알고 계신가요?"

"아, 그랬나요."

"선생님, 형님에게 맞고 괴롭힘 당할 때 기분이 어떠셨어요?"

"조금 힘들었던 거 같아요."

"힘들었던 거 같은 거예요? 아님 힘드셨어요?"

"아, 좀 힘들다고 말하는 게 낫겠죠."

"아니, 분명하게 말씀해주세요. 힘드셨어요? 아니면 그렇지 않으셨어요?"

"네, 힘들……었지요."

대부분의 내담자들은 이 한마디 하기가 그렇게 힘들다. 왜 그럴까? 그들은 말을 하는 중에도 여전히 자신에게 해를 끼친 권위자에 대해 심리적으로 보호하려 하는 성향을 보인다. 이게 바로 도덕 방어다. 일종의 명분으로 자신의 아픔을 덮으려는 심리 말이다.

우리나라는 나이로 대접받는 나라다. 그만큼 명분이 중요한 나라이고, 그 말은 개인의 역할이 중요하다는 말이다. '~답고, ~답게' 살아야 하는 나라다. 그래서 다들 예의는 지키고 사는데 다들 외롭다. 왜냐하면 사람이 늘 '~답게' 살 수만은 없기 때문이다. 그래서 현대인들은 익명성이 보장되는 사람 많은 곳을 좋아한다. 잔소리 없고 신경 쓸 것 없는 삶을 바라는 것이다. 그러면서도 외로워하는 인생들이다.

중년의 남자들이 술집과 룸살롱에 발길을 끊지 못하는 이유는 단지 사업상 접대나 비즈니스 때문만은 아니다. 그런 곳에 가면 아가씨들이 아버지뻘 되는 사람들을 이렇게 부른다. "오빠 오셨네!" 오빠라니……. 하지만 그 말을 듣는 순간, 중년의 남자들은 마치 최면에 걸리듯 묘한 자유로움을 느낀다. 나를 아빠나 사장님이나 남편이나 교인이라 부르지 않고 그저 오빠라고만 불러주는 아가씨 앞에서 심리적으로 무장해제를 당한다. 게다가 그 말이 싫지 않다. 그만큼 중년의 어깨가 무거웠기 때문이다.

도덕 방어의 해체가 쉽지 않은 것은 그것이 우리가 흔히 말하는 '도리'이기 때문이다. 동양 사회에서 도리를 다하지 않는 것은 변명할 여지가 없는 잘못이다. 도덕 방어의 핵심은 언제나 개인보다 가족이나 집단의 가치를 우선시했다.

따라서 도덕 방어를 치유하기 위해서는 자신이 무엇을 원하는지 그 'want(바람)'에 대한 분명한 입장을 가져야 한다. 그런데 바람이 무언지를 생각하다 보면 걸리는 게 한둘이 아닐 것이다. 그렇다 하더라도 모든 걸 내려놓고 진심으로 내가 원하는 것이 무엇인지를 객관화할 필요가 있다. 그래야 도덕 방어를 극복할 수 있다. 도덕 방어의 극복은 진정한 나로 살아가는 첫걸음이다.

두려움에서 벗어나는 법

상담을 하다 보면 낮은 자존감을 가진 내담자들 대다수가 자기 내면에서 들려오는 비난자의 끊임없는 음성에 고통받는 것을 본다. 그도 그럴 것이 어릴 때부터 기를 못 펴고 살았기 때문이다. 계속되는 잔소리와 비난 앞에 어느 아이가 건강한 자아상을 형성할 수 있겠는가?

"이 한심한 놈아!"

"넌 왜 태어났냐?"

"저 새끼는 밥벌레인가 봐."

내가 들은 최악의 말은 고3이 된 딸이 공부를 못한다고 아버지가 한 말이다.

"이년아, 공부 못하면 나가서 몸이라도 팔아 돈 벌어와!"

이 말을 하면서 중년의 여교사는 상담실에서 피눈물을 흘렸다. 그

러니 이런 소리를 듣고 자란 자녀가 건강한 자아상을 갖고 살아갈 수 있겠는가? 나는 상담실에서 연약한 내담자들의 마음 안에 있는 강력한 폭군을 만난다. 폭군은 대부분 부모였으며, 그런 부모들은 자녀들에게 희망과 기쁨과 자긍심이 아닌 두려움과 비참과 절망을 심어주었다. 자녀를 교육한 게 아니라 사육한 셈이다.

두려움은 강함에 대한 반응이다. 강한 사람은 우리를 두렵게 한다. 그러나 심리학자 폴 투르니에는 《강자와 약자》에서 "이 세상에 강한 사람은 아무도 없다"고 역설했다. 모든 사람은 강한 '척'할 뿐이고, 강한 '반응'을 보일 뿐이지 정말 이 세상에 강한 사람은 존재하지 않는다고 했다. 맞는 말이다. 강한 사람이 어디 있는가? 독재자일까?

스탈린은 소련에서 가장 강한 자였다. 하지만 그는 평생 건강염려증이 있었다. 늘 자신이 먹는 음식에 독이 든 것은 아닌지 의심해서 음식 만드는 사람을 감시하는 사람을 두었고, 그것도 의심스러워 감시하는 사람을 또 감시하는 감시원을 둔 것으로 유명하다. 인생은 비극이며 자살이 낫다고 말한 철학자 쇼펜하우어는 비관주의적인 철학과는 반대로 자기 몸을 무척이나 잘 돌본 덕에 80이 넘도록 장수했다. 우습지 않은가! 누가 강하다는 말인가.

우리가 갖고 있는 두려움은 주로 어린 시절 어린아이의 눈으로 보고 느낀 학습화된 두려움이다. 나는 총소리를 무서워한 적이 있었는데 군대에 가서 사격 훈련을 하며 묘한 쾌감을 느꼈다. 방아쇠를 당길 때의 그 팽팽한 긴장감과 빵 하는 소리가 묘한 흥분을 주었다. 그런 경험을 한 이후로 총소리를 두려워하는 일은 사라졌다. 오히려 사격에 대한 호기심이 커지는 계기가 되었다.

우리는 하루에도 수없이 많은 크고 작은 근심과 염려에 묶여 살아간다. 그런데 근심과 염려의 뿌리는 두려움이나 불안이다. 그런 심리가 작용하는 이유는 본능적으로 자신을 보호하려는 자기애적 욕구 때문이다. 내가 최근에 주목하는 감정은 두려움만이 아니라 두려움의 근원인 공포다. 공포는 사람을 얼어붙게 만드는 생물학적 반응이다. 두려움은 심리적 반응이고, 공포는 생물학적 반응이다. 그래서 자신을 무지막지하게 고문한 사람을 만나면 두려움과 동시에 자신도 모르게 오줌을 지린다고 한다. 그건 몸이 반응하는 것이다.

그런 공포를 견뎌내고 이겨낼 수 있다면 엄청난 자의식을 갖게 되는데 이때 자신의 기초가 건강하지 않으면 사람이 미쳐버리거나 이상한 심리로 전환되면서 반사회성 성격으로 돌변한다. 그것은 그 사람이 경험한 두려움의 다른 모습일 뿐이다. 두려움을 극복하려면 두려움을 직면하고 같이 지내는 것이다. 인간은 두려움도 느끼지만 동시에 그 두려움에 적응하는 능력을 갖고 있다. 귀신이 등장하는 영화를 보면 처음에는 무섭지만 그 영화를 열 번 이상 보면 나중에는 '아, 다음 장면에는 귀신이 나올 거야', '음, 다음에는 목이 잘려서 나올 거야. 그다음은 피가 튈 것이고' 이런 식으로 바뀐다. 반복된 영상은 공포심을 누그러뜨린다. 그래서 누군가는 이렇게 말했다. "세상에서 정말 무서운 단어는 귀신도 유령도 아니다. 그건 '계속'이라는 단어다." 그렇다. '계속하면' 두려울 것이 없다. 두려움은 인간을 보호하기 위해 필요한 감정일 뿐이다. 고로 그 두려운 감정이 인간의 삶을 마비시키는 건 원래의 존재 이유에 역행하는 것이다.

　모든 유기체는 자기 보존 본능을 갖고 살아간다. 생명이 있는 모든 것들은 살려고 하지 죽으려고 하지 않는다. 여기서 죽음의 문제, 두려움의 문제가 발생한다. 유기체에게 가장 큰 충격은 자기 해체의 두려움이다. 쉽게 말해 죽는 것이다. 아무리 평균수명이 늘었다곤 하지만 사람은 언젠가 모두 다 죽는다. 누군가 그리 말했다. 부모님의 죽음 앞에서 그렇게 울어대는 이유는 부모님의 죽음이 슬퍼서이기도 하지만 무의식에서는 이제는 그 죽음이 나의 차례라고 생각하여 그렇게 운다는 것이다.

　나는 평생 죽음의 문제를 염두에 두고 살아왔다. 그런데 가만히 생각해보고 또 생각해보면 정작 죽음이 무서운 게 아니라 죽어가는 고통이 무섭고, 죽음 이후가 어떻게 전개될 것인지 알 수 없어 두렵다. 사실 사람의 죽음은 그저 몇 분에 불과한데도 그 얼마 안 되는 죽음의 시간을 평~생 고민하며 살아가는 게 우리 인생의 모습이다. 우습지 않은가!

　죽음학의 어머니라 불리는 엘리자베스 퀴블러 로스 여사는 오랜 기간 죽어가는 사람들을 관찰하고 연구한 사람이다. 그녀에 의하면, 누구든 중한 병에 걸렸다는 통보를 받으면 처음에는 그 사실을 믿지 않는다고 한다. 그리고 왜 하필 그게 나인가 하며 화를 낸다고 한다. 만약 신을 믿는다면 구약의 히스기야 왕처럼 더 살게만 해주신다면 앞으로 어떻게 살 것이라며 흥정을 벌이기까지 한다고 한다. 그러다 이도 저도 안 되면 그때서야 죽음을 인정하면서 우울한 단계에 빠지다가 비참하게 죽어가는 사람이 있는가 하면 담담하게 죽음을 맞는 사람이 있다고 말했다. 우리의 인생은 그렇게 되는 것이다.

그러니 인생을 두려워하며 살아갈 이유가 없다. 그냥 맞이하면 되고 맞서면 된다. 만약 내게 암이 왔다면 "오, 암이여! 어서 오시게나! 한번 그대를 만나고 싶었는데 와서 반갑네!" 하고 암을 맞이하면 되는 것이다. 내가 지금 암 환자가 아니어서 이리도 편히 글을 쓰는지도 모르지만.

그러나 나는 그런 진단을 받고 내 인생에서 더 나아갈 수 없는 절벽에 서 있게 되더라도 두려워하지는 않을 것 같다. 암을 고쳐보려 노력할 것이고, 고칠 수 없다면 선선히 암을 받아들일 것이다. 하지만 두려움은 용서하지 않을 것 같다. 사람의 무의식 깊은 곳에는 두려움에 대한 전제가 들어 있다. 성경에는 두려움이 가득한 사람의 마음 안에 사랑이 들어오면 두려움은 사라진다고 쓰여 있다. 사람을 24시간 위협하지만 사람에게 걸맞지 않은 것 그리고 사람에게 치명적일 수 없는 것이 두려움이다. 그러니 인생은 결국 그 두려움과 맞짱을 뜨는 것이다.

미국의 루스벨트 대통령이 취임사에서 경제공황으로 두려워하는 미국인들에게 "우리가 정말 두려워해야 할 것은 두려움 그 자체"라고 말한 것은 그야말로 명연설이라 할 수 있다. 두려울 게 없으면 이루지 못할 일이 없다. 그 두려움의 마지노선에는 늘 죽음의 불안이 맴돈다. 그러나 인간을 두려움에서 구원한 감정이 있었다.

두려움보다 더 강렬한 감정이 인류를 여기까지 이르게 했다. 바로

때로는 마음도 체한다

호기심이다. 인류는 항상 다른 동물들에 비해 호기심을 갖고 '저 산 너머에는 무엇이 있을까? 저 바닷속에는 무엇이 있을까? 저 하늘 위에는 무엇이 있을까?' 의문을 품으며 자신만의 두려움을 극복하면서 여기까지 왔다. 그런 호기심과 자신감이 너무 가득해 이제는 자기 비움이 필요한 시대가 되었다. 그러니까 이 글을 읽는 독자 중에 두려움이 많은 사람이 있다면 생각을 조금 바꿔보길 바란다. 사실은 두려움이 많을수록 호기심이 많은 것이다.

두려움은 인간의 호기심을 막아버린다. 그러나 두려움을 극복하면 우리는 새로운 자의식을 갖게 된다. 나는 악몽을 자주 꾸곤 하는데 그때마다 주기도문을 외우거나 눈을 감고 기도를 한다. 심리 치료를 공부하면서부터는 악몽의 등장인물 역시 내 내면의 어두운 그림자의 다른 모습이라는 사실을 자각하고 꿈속에서 악몽의 대상이 나타나면 두 눈 부릅뜨고 그 대상을 직면한다. 그러면 신기하게도 곧바로 꿈에서 깨어난다.

아무리 악몽을 꾸고 악몽 같은 현실이 내 앞에 있다 해도 24시간 내내 사람이 두려울 수 없으며 공포에 압도당할 수 없다. 두려움의 대상과 주체가 무엇이든 두려움은 그저 인생의 숙제에 불과하다. 숙제는 할 수 있으니까 내주는 것이다. 할 수 없을 때는 혼나면 그만이다. 그 무엇도 당신을 두렵게 할 수 없다. 당신을 두렵게 할 수 있는 건 오직 당신 자신일 뿐이다. 정말 두려운 것은 외부에 있는가? 아니면 내면에 있는가?

상상 초월, 잔소리의 영향력

사람이 행복하지 않은 이유를 말하면 여러 가지를 이야기할 수 있을 것이다. 돈이 없다거나, 몸에 장애가 있거나, 건강이 좋지 않거나, 대인 관계가 안 좋거나, 좋은 기회를 놓치거나, 배신이나 왕따를 당하면 사람은 누구나 불행감을 느낀다. 그런데 위의 조건들에 전혀 부합되지 않은데도 불행하다면 혹시 그 사람은 어린 시절 부모님이나 권위자에게 지나친 잔소리를 듣고 살아오지는 않았는지 반드시 생각해볼 일이다.

잔소리의 영향력은 상상을 초월할 정도로 대단하다. 왜냐하면 잔소리를 하는 대상들은 하나같이 아이를 인정해줄 만한 대상이며, 아이가 반드시 고분고분 말을 들었어야 하는 대상이며, 말을 듣지 않으면 다른 대안이 없는 대상이며, 아이가 보기에 상과 벌을 주는 절대적인 힘을 지닌 대상이었을 것이기 때문이다.

그런 대상이 아이에게 시도 때도 없이 잔소리를 반복한다고 생각해보라. 원래 아이들은 실수하고 넘어지고 잘못하는 경험을 통해 삶을 배워나간다. 한데 그런 실수나 넘어짐을 참지 못하는 것이다. 잔소리를 듣고 자란 사람들은 매사 자신감이 없다. 나를 봐도 그렇다. 나는 무슨 일을 시작할 때 주저하는 경향이 있다. 일단 시작하면 잘하는데 첫발을 내딛기가 무척 힘들다.

아이가 첫발을 떼는 걸음마 시기에는 자주 넘어지고 무언가를 잡으려 하다가 그것을 넘어뜨리곤 한다. 그런데 그 시기에 부모가 지나치게 소리를 지르거나 왜 자꾸 가만있지 못하고 일을 만드느냐고 질책하면 아이는 눈치를 볼 수밖에 없고 무슨 행동을 하든 항상 부모의 눈치를 볼 수밖에 없다.

부모 입장에서는 아이를 바르게 키운다고, 옳게 키운다고 그런 소리를 했겠지만 아이들은 나이 들어감에 따라 억압이 많고 짜증이 많은 신경질적인 아이로 자라날 수밖에 없다.

불안지수도 높고 자기 마음에 들 때까지 무슨 일을 하지 않으면 잠들지 못하는 완벽주의자가 되고 만다.

이렇게 성장한 사람은 자존감(자기 존중감)이 높을 리 만무하다. 늘 인정받으려고 갈망하는 사람은 남의 인정은 바라면서 스스로를 인정할 줄 모른다. 왜냐하면 자기 내면에 자신을 주장할 만한 그 어떤 당당한 요소가 없다고 생각하기 때문이다. 그래서 자기를 조금이라도 알아주는 대상에게 목을 걸거나 자신을 조금이라도 인정해주는 권위자의 눈에 들기 위해 몸부림친다.

모든 삶의 에너지를 그런 데 쏟아붓다 보니 정작 자기 발전을 위해 쓸 에너지는 별로 남아 있지 않게 된다. 때문에 항상 뭔지 모를 공허함과 부족함을 느낀다. 이런 사람들은 나름 최선을 다해 인생을 살지만 조금이라도 그렇게 최선을 다하는 자신을 몰라주는 의미 있는 타인(친구나 선후배, 권위자)을 만나면 서운한 감정을 마음에 품게 된다. 그런데 그렇게 자리 잡은 서운함은 웬만해선 밖으로 나오지 않는다. 즉 서운한 감정이 오래간다. 그런 사람의 마음에는 절대적으로 좋거나 절대적으로 미운 사람은 없지만 얄미운 사람들, 즉 애증의 대상이 늘어만 간다.

그러면서도 한편 애증의 대상 사이에서 늘 버림받지 않을까 하는 두려움이 은근히 마음을 짓누른다. 한마디로 이러지도 못하고 저러지도 못하는 것이다. 정말 슬프게 인생을 사는 것이다.

글 쓰는 내가 그런 삶을 산 장본인이다. 한데 그렇게 살다 20대 후반에 뭔지는 모르지만 '이게 아니구나'라는 생각을 하게 되었다. 지금 내가 살아가는 방식이 절대적인 게 아님을 깨달았다. 그 시절에 프로이트나 융, 대상관계 이론을 접한 건 그나마 행운이라 생각한다. 머리 아프고 개념을 이해하기도 어려웠지만 차츰 공부하면서 내 내면의 문제가 왜 이리 복잡한지를 가늠할 수 있었기 때문이다.

잔소리의 본질은 하나다. "너를 못 믿겠다." 인정을 갈구하는 아이에게 너를 못 믿겠다고 하면 그 아이는 어떻게 될까? 믿을 만한 사람으로 변할까? 잔소리가 믿을 만한 사람을 만든 경우는 아직까지 본

적이 없다. 잔소리는 짜증 많은 아이를 만들고, 쉬지 못하는 성인을 만들며, 완벽주의에 빠져 약점을 잡히지 않으려고 생의 에너지를 쏟아붓는 행복하지 않은 인간을 만들 뿐이다. 잔소리 없는 세상. 나는 그런 곳이 천국이라 생각한다. 천국은 너와 내가 서로 믿는 세상이다. 여러분이 사는 곳을 천국으로 만드는 비결은 하나다. 잔소리를 그치는 것이다.

왜 사람들은 '미치겠네'라는 말을 자주 쓸까?

　우리나라 부모들이 자주 사용하는 이상한 대화법이 있다. 바로 이중 메시지다. 엄마가 아끼는 접시를 아이가 들고 오다 깨뜨렸다. 그러자 엄마가 인상을 쓰면서 "어유, 어쩜 넌 그리도 이쁜 짓만 하니? 응? 아주 자알~ 했어, 잘했다." 그럼 아이는 순간, 사고의 혼란을 느낀다. 분명 말은 칭찬인데 엄마의 표현은 자기를 꾸짖고 있으니 일치되지 않는 것이다. 이런 이중 메시지는 사고의 혼란을 초래할 뿐 아니라 증세가 심해지면 정신분열증까지 유발한다. 이런 사람들은 무언가를 선택하는 데 지나치게 망설인다. 무얼 선택하든 혼이 났기 때문이다.

　우리나라 사람들이 자주 하는 말이 '아, 미치겠네!'다. 왜 이런 말을 자주 할까. 일이 꼬이거나 풀리지 않아서겠지만 이중 메시지를 들고 자란 아이가 어른이 되면 이런 소리를 정말 자주 한다. "미치겠네, 미치겠어."

그룹 god가 부른 〈거짓말〉이라는 노래에서도 마찬가지다. 괄호는 진심이고 노래는 이중 메시지를 담고 있다. "잘 가~(가지 마) 행복해~(떠나지 마)." 아마 모든 연인이 그렇게 사랑하는 대상에게 애증을 갖고 양가감정을 투사하면서 자기감정의 극점, 즉 감정의 오르가슴을 느끼려 하는지도 모르겠다.

나는 평생 어머니가 이중 메시지를 너무 자주 하셔서 그것이 무엇인지 할 말이 많다. 몇 년 전 부모님 댁에서 오전에 TV를 보다가 소파에서 나도 모르게 깜빡 졸았나 보다. 졸고 있는 모습을 본 어머니가 나를 깨웠다.

"아이고, 많이 피곤한가 보다. 안방에 가서 좀 자라."

"네? 아, 괜찮아요. 여기서 그냥 있을게요."

"아냐, 아냐. 가서 좀 눈 좀 붙여. 얼마나 피곤하니, 전국을 다니면서 강의하는 게."

"네. 그럼, 그래요, 그럼 저 안방 가서 잠시 누워 있을게요."

기지개를 켜고 안방에 들어가려는데 어머니가 내 뒤통수에다 대고 한마디 하셨다.

"어이구, 저렇게 밥만 먹고 잠만 자니 살만 찌지 살만 쩌."

방금 피곤하겠다며 들어가서 자라고 하신 분이 그런 어이없는 말을 하신 것이다. 예전 같았으면 화를 냈겠지만 그날은 웃으며 받아쳤다.

"아니, 들어가 자라면서요."

어머니도 멋쩍으셨는지 이렇게 말씀하셨다.

"아니, 그러니까 운동도 하고 그래야 한다는 말이지."

다 자식 걱정해서 하는 말인 줄 알지만, 어린 시절 그런 메시지를 너무 자주 듣고 자란 나는 마음이 어떻겠는가.

이런 예는 무척 다양하다. 한 예로 직장 상사가 부하들에게 "오늘 다들 칼퇴근들 하세요"라고 아침에 말했는데 자기는 퇴근 시간이 지나도록 업무에 몰입하고 있다면 어느 직원이 당당하게 회사 문을 박차고 나갈 수 있겠는가. 그런 말을 했으면 본인이 정시 퇴근을 하면 되는데 정작 말만 그렇게 했을 뿐 사실은 이중 메시지를 던진 것이다. '누구든 나보다 먼저 퇴근하는 사람 있으면 나중에 보자고.' 이런 암시는 사람을 미치게 만든다.

이 상사는 왜 이중 메시지로 직원들을 괴롭힐까? 자기 안에 이중 메시지를 듣고 시달려온 분노를 같은 방법으로 돌려주려는 것 아닐까. 이중 메시지는 혼란과 분노를 불러온다.

말은 심정을 담아내는 것이다. 심정이 우물물이라면 말은 두레박이다. 그런데 물을 담을 수 있는 건 두레박이다. 우리가 흔히 말 바꾸기를 한다고 말하지만 말은 자신을 끊임없이 변형시키는 속성을 가진 것 같다. 그러나 말 역시 심정을 담고 있는 것이기에 그 심정의 진심은 바로 전하도록 노력하는 것이 필요하다.

몇 년 전 배우 전지현이 어떤 남자와 CF를 찍었는데 가을에 낙엽이 많은 공원인지 산인지 모르겠지만, 그곳에서 남자에게 낙엽을 집어 던지며 "가! 가! 가란 말이야!" 하고 울면서 외치는 CF가 있었다. 만약 실제 상황에서 가라고 해서 그냥 갔다면 큰일이 벌어졌을 것이다. 전지현이 CF에서 "가! 가! 가란 말이야!"라고 말할 때의 진심은 무엇이었을까? 정말 가라는 말일까? '가지 마. 절대 가지 마. 영원히 가지 마. 나는 이 말을 하고 싶었다고. 이 말이 내 진심이었다고. 니가 떠나면 내가 두렵고 괴롭고 죽고 싶어진단 말이야!'라는 진심이었을까? 그러나 무조건 "가! 가! 가란 말이야!"만 외친다면 대부분의 남자들은 긴 한숨 내쉬고 정말 간다.

이중 메시지의 끝은 '미치겠다'다. 그 핵심은 혼란이다. 나는 혼란스럽고 싶지 않다. 인생의 전반부에 충분히 혼란스러웠다. 그래서 나머지 삶은 분명하게 말하고, 분명하게 살아갈 것이다. 안 그래도 혼란스러운 세상인데 이중 메시지까지 더해서 살 수는 없지 않은가.

한을 풀어야 삶이 가벼워진다

한때 '원조교제'가 사회문제가 된 적이 있다. 아버지뻘 되는 사람들이 딸 같은 아이들과 성관계를 하는 것. 그런데 누군가 원조교제한 사람들을 만나 왜 그런 일을 했느냐고 물었더니 어떤 이들은(구차한 변명이겠지만) 그 아이들 나이 때 이성 교제를 제대로 해본 적이 없다고 고백했단다. 그들의 잘못을 이해하자는 말이 아니다. 세상에는 이해는 되지만 용납하지 못할 일이 있고, 용납은 되지만 이해할 수 없는 일이 더러 있으니 말이다. 사람은 누구나 자기 나이에 이뤄야 할 심리적 성취감이라는 게 있는데 그게 결핍되면 도무지 그 자리를 뜨지 못한다. 정신분석학에서는 이를 고착(fixed)이라고 부른다.

어린 시절 아버지에게 사랑한다는 말을 듣고 자라지 못한 딸은 반드시 그 말을 듣고 싶어 한다. A는 이름이 자(子)로 끝나는 여성이다.

아버지가 아들을 바랐는데 위로 세 명의 언니만 태어났다. 그리고 네 번째 아이를 임신했을 때 굿하는 무당까지 데려와 제(祭)를 드리며 아들을 염원했다. 하지만 삼신할미는 끝내 이 가정에 아들을 주지 않았다. 네 번째 아이도 딸이라는 말에 아버지는 갓 낳은 딸아이를 보지도 않았다고 한다. 그러니 이 딸에게 사랑을 주었을 리 만무하다. 아버지는 잘했다는 말을 딱 한 번 했단다. 운동회 때 평소 오지 않던 아버지가 왔다는 걸 알고 달리기에서 악착같이 뛰어 1등을 한 것이다. 그때 아버지가 웃으며 '잘했다'고 한 말이다. 그녀 인생에서 유일한 칭찬이었다.

그런데 무슨 조화인지 그녀는 아버지 같은 남자를 만났다. 점잖고 말이 없는 남자, 표현이 없는 남자. A는 그렇게 20년을 살다 안 나가던 동창회에 갔다가 그 시절 마음에 품던 남자 친구를 만났다. 아내와 이혼하고 혼자 살던 남자 동창이 A에게 해서는 안 될 말을 했다. "A, 너 이뻐졌다." 이 한마디에 그녀는 무너졌다. 평생을 가정밖에 모르던 그녀, 교회에서 집사 직분도 있던 그녀가 그 한마디에 몸 주고 마음까지 준 것이다. 그녀의 말에 의하면, 그 말 한마디에 무슨 최면이 걸린 듯했다는 것이다. 그렇게 말해준 남자 동창의 말이 정말 고마워서 모든 걸 주고 싶었다고 한다. 그녀는 죄를 지은 걸까?

사람은 그런 것이다. 흔히 말해 그런 식으로라도 대리 배설을 하지 않으면 숨을 쉴 수 없다. 살 수가 없는 것이다. 외도를 정당화한다고 뭐라 하지 마라. 나는 상담을 하면서 외도해야겠노라 결심하고 외도한 내담자를 본 적이 없다. 모두 다 자기 문제로 고민하다가, 비록 착각이지만 그 운명적 문제를 풀어줄 것만 같은 사람을 만나다 보니 이렇게 되었노라고 후회한 사람만 알고 있다.

어린 시절 젖을 제대로 먹고 자라지 못한 이들은 나이 들어서 밥을 아무리 먹어도 배가 고파 젖으로 상징된 술을 입에 달고 산다. 술에 중독된 사람들은 한결같이 말한다. "나는 술을 마신다. 그런데 이상하다. 술을 마시는 이 순간도 나는 술이 그립다." 그럼 그들이 정말 마시고 싶어 하는 '술'은 무엇일까? 정말 술일까? 그 술은 은유로서의 젖이다. 사실은 젖을 먹고 싶었던 것이다. 젖으로 상징된 엄마의 따스한 사랑과 자신을 안고 있는 엄마의 푸근한 품 그리고 자신을 바라봐주는 엄마의 은은한 눈빛 그리고 고요한 분위기…… 이 모든 것이 젖이다.

그 젖을 먹고 싶어 은은한 불빛의 술집에 가는 것이다. 다음 날 술이 깨면 앞으로는 가지 말아야지 결심하다가도 퇴근만 하면 저절로 발길이 술집으로 향하는 것이다.

그래서 나는 모든 사람들, 내면에 깊은 결핍을 안고 사는 사람들은 모두 다 상징적 방식으로 자기 내면의 한을 풀든가 대리 배설을 할 필요가 있다고 본다.

어릴 적에 들었던 이야기 하나. 어느 총각이 동네의 아리따운 처녀를 연모한다. 그러나 이를 표현할 길이 없다. 처녀는 귀한 대감 집 규수이고 자신은 보잘것없는 평민 집안이니 도무지 만남조차 가능하지 않다. 그는 결국 상사병만 앓다 죽고 말았다. 총각의 상여가 처녀 집 앞을 지나는데 갑자기 상여가 그 자리에 서버린 것이다. 상여꾼들의 발이 전혀 움직여지지 않는다고 하며 한 시간을 서 있었다. 그때 규수 댁의 어머니가 처녀의 속싸개(팬티)를 벗겨 그 관 위에 올려놓았더니 그제야 상여가 움직이더라는 것이다. 아마 총각의 친구들은 그런 식으로라도 친구의 한을 풀어주고 싶었을 것이고, 처녀의 속싸개를 관 위에 올려놓은 것만으로도 그토록 바란 그녀와의 성관계를 은유하고 상징하는 방식으로 한을 풀었다고 여겨 상여는 움직였고, 장례를 치를 수 있었다는 이야기다.

그게 사람이다. 고등학교 시절에 미팅 한 번, 데이트 한 번 제대로 못해본 수줍음 많던 '범생이'는 어느덧 회사원이 되고 아저씨가 되고 한 가정의 가장이 되었지만 늘 지나는 여고 앞의 수많은 여학생들을 넋을 잃고 쳐다본다. 내가 변태가 아닌가 하고 고민하지만 그 습관(?)은 사라지지 않는다. 사람은 나이를 먹을지 몰라도 내면의 아이는 결코 나이를 먹지 않는다. 어린 시절의 그 어린이가 지금도 우리의 마음속에 꿈틀거리고 있다. 세상에 일어나는 모든 범죄와 싸움, 갈등과 미움을 보면 어린 시절에 겪은 외상적 경험 혹은 결핍의 경험을 현실에서 그대로 '재현'하려는 것을 볼 수 있다.

우리가 악순환으로 우리의 삶을 낭비하지 않으려면 반드시 내 안에 넋이 빠져 있는 내면의 어린이, 좌절에 빠진 그 아이를 이해해줄 필요가 있다. 그리고 다시 만나야 할 필요가 있다. 창피했든 괴로웠든 끔찍했든 반드시 한 번은 만나야 한다. 그 시절의 감정을 만나고, 그 시절의 바람을 만나고, 그 시절의 좌절을 만나야 한다. 인생은 평생 한을 푸는 과정이다. 제풀에 지쳐 한을 풀지 않으려 하면 그 한이 그 사람을 가만 놔두지 않는다. 때문에 한은 반드시 풀어야 한다.

어떤 두려움, 어떤 명분, 어떤 도덕, 어떤 종교, 어떤 교리도 이에 앞설 수 없다. 한을 풀어야 삶이 가벼워진다. 한은 풀고자 해야 풀린다. 우리네 삶은 한을 감당하기에는 너무나 무겁다. 그렇지 않아도 무거운 게 삶인데 한까지 맺혀서 짐이 되어서야 되겠는가!

제2장

자기를 속이지 않으면
병이 없다

한의 나라 대한민국

세상에서 가장 무서운 것이 무엇이냐고 물으면 저마다 '무서운 것'을 말하겠지만, 나는 '자기혐오'가 가장 무섭다. 자기혐오에서 나오는 열등감, 자기혐오에서 나오는 양심이나 신앙, 자기혐오에서 나오는 신의 음성이나 도덕…… 이런 것들은 약하디약한 우리의 자아를 짓밟아 뭉개버린다. 그렇다면 자기혐오는 왜 나오는가? 나는 그것도 학습된 것이라고 본다. 즉 학습된 무기력이 자기혐오를 불러온다고 생각한다.

자기혐오자가 스스로에게 내리치는 가혹한 어록의 채찍은 이렇다.

"더 열심히 못해? 엉? 넌 그거밖에 못하니? 니가 지금 그 모양인 건 '더 노력'을 하지 않아서 그래!"

사실 나부터 이런 소리를 얼마나 많이 듣고 자라왔는가. 우리나라 사람이라면 그 징그러운 병적인 교육열 때문에 부모들이 멀쩡히 잘하는 아이들에게 얼마나 폭언을 퍼붓고 살았는가? 대한민국(大恨民國)에서 태어난 죄다. 나는 우리나라 이름을 한자로 '大恨民國'이라고 쓴다. 생각할수록 적절한(?) 이름이다.

사람이 어찌 태어나서 다 공부만 잘할 수 있겠는가? 아프리카 어느 나라는 평생 글 한 번 읽지 않고도 잘 살아가는 나라가 있다고 한다. 적도 근처의 작은 섬나라는 평생 공부하지 않고 살아도 행복한 나라가 있단다. 평생을 책 한 권, 글 한 줄 읽고 쓰지 않고도 잘 살아가는 나라가 있다면 우리나라 사람들은 거의 천재 수준이 아닐까. 전 세계에서 국민 비율에 비해 대학 진학률이 가장 높은 나라, 6·25전쟁이나 IMF를 단기간에 극복한 유일한 나라, 거지가 들끓던 나라에서 OECD에 가입한 나라. 그런데도 행복하냐고 물어보면 하나같이 불행하다고 하는 이상한 나라, 그 나라가 바로 내 나라 대한민국(大恨民國)이다.

많이 노력해도 보상받거나 인정받지 못하는 나라, 오히려 그 정도 안 한 사람이 어디 있냐고 다그치는 나라, 죽어라 살다 보니 간암과 위암이 급속히 늘어나는 나라, 휴식이 무언지 모르는 나라, 쉬면 죄가 되는 나라, 그리고 "놀면 뭐해" 하며 다시 일하고 일 시키는 나라, 그걸 너무 당연하게 생각하는 나라. 우리는 어디서 평안을 얻을 수 있을까.

아마 대한민국 남한 땅덩어리를 뚝 떼어 저 미국 뉴욕 옆에라도 확 붙여놓으면 비로소 안심할까. 이 나라에서 태어난 것이 잠시 슬프다.

열심히 살아온 것에 대해 인정도 보상도 제대로 받지 못하는 나라. 그래서일까 일요일 밤에 하는 〈개그콘서트〉에 개그맨 박성광이 술취한 모습으로 나와 부르짖는 외침이 사람들에게 웃음과 카타르시스를 주었던 것 같다. "나라가 내게 해준 게 뭐가 있어? 1등만 기억하는 이 더러운 세상!" 그 말은 사실 우리 모두가 자라면서 한두 번씩 곱씹었던 말이 아니던가. 부모는 나라의 축소판이다. 우리는 나라가 키운 것이 아니라 부모가 키웠다.

부모가 자녀를 키울 때 가장 조심해야 할 것 중 하나가 아이를 자기 수준에서 판단하고 정죄하는 것이다.

"그걸 점수라고 받아온 거냐?"

"그거밖에 못하니?"

"그런 성적표 받아오고도 밥이 목구멍으로 넘어가냐?"

"잠만 퍼질러 자고. 에이, 징그러워. 이 자식아, 넌 인생에 미래가 없어."

이런 말들은 거의 고문 수준이다. 가학적 고문 말이다.

문제는 아이들은 성장하면서 부모의 인정을 받아야 자신의 가치를 증명할 수 있다는 것이다. 그래서 아이들은 인정받음의 노예로 자란다. 부모들은 인정받고 싶은 아이들의 순진한 욕구를 거꾸로 이용해서 아이를 길들이고 사육하는 데 사용한다. 달리는 말에 더욱 채찍질을 가한다.

"더 뛰어, 더! 그거밖에 못해! 더 뛰어보라고! 더! 더!! 더!!!"

그런데 아이들은 뛴다. 정말 더 뛴다. 미친 듯이 공부하고, 미친 듯이 부모가 요구하는 모습으로 변신하려고 쉼 없이 뛴다. 언제까지? 대학에 들어갈 때까지. 그리고 대학 가면 공부를 접는다.

'공부를 왜 하는지' 같은 사춘기 때 물어야 할 질문들을 대학에 와서 한다. 대학 들어와서 사춘기가 시작되는 것이다. '조금 더, 조금 더, 조금 더'라는 강압적 요구는 아이들로 하여금 '해봤자 소용없다. 해봤자 내 수준은 이거밖에 안 된다'는 학습된 무기력을 가속시킨다. 이것이 쌓이고 쌓이면 우울증이 되기도 하지만 심한 경우 가혹한 자기혐오로 바뀐다.

다시 말하지만 자기혐오에 바탕을 둔 자아상이나 성격, 신앙은 그 사람에게 가혹한 요구를 제시한다. 그러면 마음속 가득 폭력성이 형성되고, 그 폭력성은 잘 포장된 채 억압되어 있다가 그 사람의 꿈에서 불쑥불쑥 튀어나와 일상을 지옥으로 만들어버린다. 이게 누구의 이야기일까? 나 자신의 이야기다. 바로 여러분의 이야기다. 1등이 되지 않으면, 최고가 되지 않으면, 최우수상을 타지 않으면 인간으로서의 가치가 없다고 교육받아온 것은 나만 그런가?

배우 김태희가 서울대 출신이 아니었다면 지금처럼 유명해졌을까? 그래서 우리나라는 참 대단한 나라지만 행복은 절대 기대할 수 없는, 획일화의 폭력이 가득한 나라라고 생각한다. 사소하고 별거 아닌 것을 인정해주지 않는 나라, 사소하고 별거 아닌 것을 인정해주지 않는 부모, 가혹한 말을 내뱉고 채찍질하는 것을 잘한다고 부추기는 가학적 나라, 그래서 쉬지도 못하고 행복도 누리지 못하는 나라, 서로 마음으로 죽고 죽이면서 돌을 던지는 나라, 그런 나라에서 대다수 국민들은 삶이 없다. 생존만 존재한다.

　우리의 교육, 우리의 행복, 우리의 가치를 근원에서부터 다시 반성하지 않는 한, 가혹한 초자아가 다스리는 이 징그러운 악순환에서 탈출할 사람은 아무도 없다. 나도, 당신도.

정말 부끄러운 세계 1위

우리나라는 항상 세계 제일을 추구한다. 세계에서 제일 높은 건물, 세계에서 제일 큰 종, 세계에서 제일 큰 교회, 세계에서 제일……. 늘 열등감으로 살아왔기에 세계 제일이라는 수식어가 스스로를 위로 하는 표어가 된 듯싶다.

그러나 최근에는 결코 세계 제일이 되지 말아야 할 통계들이 늘고 있다. 세계에서 이혼율 증가율이 미국 다음으로 늘어난 나라, 세계에서 우울증 증가율이 갑자기 늘어난 나라 대한민국, 세계에서 자살하는 사람이 제일 많은 나라 대한민국.

국민들의 정신 건강에 빨간불이 아니라 비상벨이 켜졌다. 어쩌다 이렇게 되었을까. 중고생들의 행복 만족도가 아프리카만도 못하고, 우울증이라는 의학 용어가 뉴스와 신문, 인터넷에 하루도 안 빠지고 실리는 나라.

오늘도 자살을 다룬 뉴스가 나왔다. 설문 조사를 어디까지 믿을 수 있을지 모르겠지만, 우리나라 사람들의 70% 이상이 자살에 대해 부정적이라는 견해가 나왔다. 그러나 어려운 상황이 되면 자살밖에 다른 대안은 없을 것 같다고 말한 사람들도 50%를 넘었다고 한다. 우리나라 사람들이 자살이라는 극단적인 선택에 노출된 이유는 무엇일까? 우울증이나 경제적 빈곤, 외로움, 대인 관계의 스트레스, 배신, 채무 등이 원인이라고 하지만 한국인의 무의식을 들여다보면 거기에 공통분모 하나가 보인다. '결국은 내 책임'이라는 것이다.

가난을 예로 들어보자. 가난한 건 부모가 죄라고 생각한다. 하지만 부모가 게을러서 가난한가? 한국의 부모들은 그 어느 나라 부모들보다 부지런하고 희생적이다. 그런데 왜 가난할까? 조금이라도 사회를 아는 사람이라면 그 원인이 개인적 차원이 아니라 사회적 차원이고 구조적 차원임을 깨달을 것이다. 나와 우리 부모가 모든 걸 책임져야 할 만큼 크게 잘못한 것도 아니고 게으른 것도 아니라는 말이다. 민주주의 국가일수록 더 그렇다.

그러나 민주주의를 시작한 지 60년이 넘었지만 우리는 아직도 우리가 짊어지고 있는 무거운 짐들을 자신의 탓으로만 돌린다. 자살도 그렇다. 내가 이 정도밖에 안 되므로 죽어야 한다는 것이다. 누굴 탓하랴! 다 내 탓이라는 것이다.

하지만 정말 그럴까? 나는 조금 다르게 생각한다. 이 세상 어느 나라도 죽는 이유가 그저 자기 잘못으로 자살한다고 생각하는 사람들

이 많겠지만 자살 원인을 지나치게 개인의 책임으로만 돌리는 나라는 우리나라뿐이라는 사실을 간과해선 안 된다. 내가 아는 한 우리나라 사람들은 선진국에 비해 절대 게으르지 않다. 일의 양이나 시간도 다른 나라에 비해 더 많으면 많았지 결코 적지 않다. 그럼에도 우리는 다른 나라 사람들이 누리는 국민으로서의 혜택이 상대적으로 적다는 게 문제다.

게다가 우리나라 사람들은 정이 많다고 하는데, 정은 소극적이고 수동적인 면이 있다. 무언가를 기대했는데 그 기대가 채워지지 않으면 서운해하는 게 정의 어두운 면이다. 요구할 때 요구하고 화낼 때는 화낼 줄 알아야 하는데 정이 많은 사람들은 그걸 못한다. 정은 '알아서 해주겠지' 하는 기대 심리가 작용하고 있다. 작은 마을 공동체는 그럭저럭 정으로 움직이지만 도시에서는 통하지 않는 심리가 된다.

도시에는 정이 없다. 도시는 분명한 개인 의견과 권리 및 그에 따르는 대가가 있을 뿐이다. 때문에 도시에서 사는 사람들의 마음에는 무언지 모를 외로움이 항상 깃들어 있다. 정에 굶주린 것이다. 정의 논리로 살다가 그 논리가 먹히지 않으면 자학을 한다. 합리적으로 문제를 살피고 원인을 따지지 않는다. 그저 나 때문에 이렇게 된 것이라고 탓한다.

나는 이런 우리나라 사람들을 보면 애처롭기만 하다. 단 한 번도, 그토록 그리운 정이 법과 제도로 우리 곁을 지켜줄 것이라는 생각을 단 한 번도 해본 적 없이 살았기 때문이다. 즉 정 많은 사람이 곁에 있으면 그 사람에게 기대어 살 수 있지만, 정 많은 사람, 즉 한 개인이 아니라 사회적인 제도와 법이 정(情)답게 외롭고 힘든 자의 어깨에 힘을 실어줄 수 있도록 건강한 울타리 역할을 해주는 시스템 속에서 우리는 단 한 번도 살아본 적이 없다.

선진국에서는 노인들을 의무적으로 돌봐주는 상담사들이 국가공무원으로 활동하고 있다. 사람의 섬세한 부분까지 파고들어 필요한 부분을 채워주는 시스템을 만들어놓은 것이다. 그저 죽도록 일하고 살다 늙어 병들고 주머니는 비어 있으니 죽는 게 제일이라는 우리나라 대다수 노인들과 달리 선진국은 그런 노인들에게 말을 건네고 이야기를 들어주는 사람을 국가에서 월급을 주어가며 돕고 있다. 그런 면에서 송파 세 모녀 자살 사건이라는, 선진국에서는 도무지 가능할 수 없는 일이 벌어진 것이다.

우리나라는 아직도 모든 걸 개인의 책임으로 전가시킨다. 정부가 그런 것까지 신경 써야 하느냐고 반문하는 사람도 있는데, 그럼 거꾸로 묻자. 정부가 세금 걷어가고 국민들에게 온갖 의무를 부여하면서 정작 제대로 해주는 일이 무언가 말이다.

신학대학에 처음 입학한 후 히브리어 중간시험을 보던 날 모두 긴장했다. 과목이 어려워서 백지를 내고 나가는 학생들이 있었는데 시험 감독을 하던 교수님이 백지를 보며 이런 말을 했다.

"여러분, 미안해요. 저도 시험 안 보고 여러분 모두에게 좋은 점수를 주고 싶은데 안타깝네요. 그래도 커닝은 하지 마세요. 하지만 커닝보다 더 나쁜 것은 커닝을 할 수밖에 없도록 만드는 구조예요."

나는 그 말에 충격을 받았다. 중·고등학교 시절 커닝하면 매를 들거나 혼을 내는 교사만 보다가 커닝하는 학생보다 커닝을 할 수밖에 없는 구조가 더 문제 있다는 교수님의 말에 왈칵 눈물이 났다.

자살은 분명 개인의 문제다. 그러나 스스로 목숨을 끊는 사람들 수가 1년에 평균적으로 천 단위가 아니라 만 단위라면 그것을 개인적인 문제로 여길 수 있을까? 정부가 하지 못할 일이라면 민간단체에 돈이라도 주어 대안을 제시하는 노력이라도 해야 하지 않을까? 그래서 더 이상 자살이 개인적 차원이 아니라 사회적 차원에서 도움을 받을 수 있다는 희망을 국민들에게 암묵적으로 심어주어야 하는 것 아닌가!

혼날까 봐

우리나라 아이들이 공부하는 이유를 세계 여러 나라 아이들과 비교한 글을 본 적이 있는데, 한마디로 황당했다. 세계 여러 나라 아이들이 공부하는 목적은 좁게는 자신의 자아 성취를 위해서 넓게는 인류 평화를 위해서, 내가 속한 가문을 위해서, 훌륭한 인물이 되고 싶어서…… 등이 대부분이었다. 그런데 우리나라 아이들에게 "너희들은 왜 공부하냐?"고 물으면 아이들은 주저주저하다가 한다는 소리가 한결같이 "공부 안 하면 혼나니까요"라고 대답하더라는 것이다. 이 나라에 학술적 노벨상 수상자 하나 나오지 않는 것은 다 이런 이유 때문이다.

우리나라 아이들은 왜 그렇게 혼나는 것에 예민할까? 너무 혼나면서 자란 탓일까? 물론 그런 면도 있겠지만 우리 아이들의 환경을 가

때로는 마음도 체한다

만히 살펴보면 시설은 과거보다 좋아졌는지 몰라도 사회적이고 교육적인 환경, 즉 인간으로 살아갈 수 있는 환경은 아직도 열악하다는 데 문제가 있다. 교사가 아이를 지지해주는 문화가 형성되고, 아이들도 친구들이 잘되면 축하해주고 인정해주는 문화가 형성되고, 부모도 성적이 오르거나 내리거나에 일희일비하지 않고 아이들의 인성이 건강하게 자라는 것에 관심을 갖고 아이들을 지지해주는 문화였다면 우리 아이들이 "혼날까 봐 공부한다"는 개그 같은 대답은 하지 않았을 것이다.

그런데 현실은 공감적이지도 소통적이지도 않고, 또 지지하거나 격려하는 분위기가 아니다. 지나친 경쟁과 편애, 인정받지 못함에 대한 분노와 시기심, 서로를 끌어내리려는 삭막한 분위기가 우리 아이들이 살아가는 환경이다. 교사들은 지쳐 있고 아이들은 의욕이 없다. 무기력한 아이들이 점점 늘어가는 추세라고 한다. 문제는 교육만 이런 게 아니라는 점이다.

종교도 그렇다. 여기서는 내가 믿는 기독교만 다루겠다. 기독교 신앙의 핵심은 무엇보다 유일신 하나님이다. 그리고 그 하나님이 주신 말씀이 성경이라고 믿으며 성경 말씀대로 살고 싶어 한다. 그런데 왜 그렇게 살고 믿어야 할까? 신학적으로는 "하나님의 영광을 위하여"다. 그런데 황당할지 모르지만, 나는 이렇게도 생각한다. 그렇게 살지 않으면 하나님에게 '혼·날·까·봐'다.

우리 한국 사람들은 너무 힘들게 살아와서인지는 모르지만 위계질서를 어기는 것에 대해 예민한 반응을 보여왔다. 그래서 신입생들의 기를 잡기 위해 집단으로 군기를 잡는다. 군대도 아닌데 말이다.

어릴 적 할머니가 사과나 배를 깎으실 때 칼등으로 한 번 친 다음 깎으시기에 "할머니, 왜 과일을 칼등으로 때려요?" 하고 묻자 할머니는 "이렇게 해야 기가 죽어서 잘 깎여" 하고 말씀하셨다.

우리가 그랬다. 기를 죽여야 한다는 생각에 어린아이가 버릇없으면 '싹수가 노랗다'고 욕했다. 그런데 노란 싹은 생명이 움트는 모습이다. 싹수가 노랗다는 말은 기본이 안 되어 있다는 말인데, 그 기본이라는 것의 기준이 문제다. 기존의 전통에 순응하면 기본이 되어 있고 기존의 전통에 불응하면 싹수가 노란 것일까? 하나님의 말씀을 어기면 싹수 노란 신자로 찍힐까? 그런 사람에게 하나님은 너 지옥 보낸다, 너 가만두지 않겠다며 정죄하실까.

조금 다른 이야기를 해보자. 내가 만나는 사람들 중에는 신자가 많다. 그런데 신자들이 죄를 지었다는 내용을 들어보면, 아무리 들어도 죄 같아 보이지 않는다. 그들은 죄 같지 않은 죄를 지어놓고 그걸 죄라며 두려워한다. 그리고 하나님에게 벌 받을지 모르겠다고 한다. 하지만 그들의 이야기를 가만 들어보면 그들을 꾸짖고 벌주는 건 하나님이 아니라 그들 내면의 하나님, 그들 내면의 초자아 하나님이다. 즉 자신들이 만들어낸 신이 두려움을 불러일으키는 것이다.

나는 하나님을 원망하는 사람들을 만나면 이런 말을 한다. "차라리 신이 없다고 생각하세요." 신이 없다면 과연 그 사람은 무엇을, 누구를 원망할까? 아마 자기 운명을, 자기 환경을 탓할 것이다. 나는 진심으로 내 주위에서, 내 삶에서, 내 생각에서, 내 감정에서, 내 신앙에서 '혼날까 봐'라는 단어를 지워버리고 싶다. 아니, 지워버리려고 한다. 죄지을 때에는 마음껏(?) 지으면서도 늘 마음 한 켠에 하나님에게 혼날까 봐 하는 두려움을 앞세우는 것이 너무 우습기 때문이다. 그럼 아예 죄짓지를 말든가.

언제쯤 우리 아이들이 혼날까 봐 공부한다는 말 대신 자기가 좋아서 공부한다는 말을 하게 될까? 언제쯤 우리 신자들은 혼날까 봐 하나님을 믿는 것이 아니라 하나님의 사랑에 감격하고 고마워서, 가슴 설레어서 믿는다고 고백할까? 언제쯤 우리는 우리 내면에 뿌리박힌 두려움과 혼난다는 이미지를 걷어버리고 우리가 만든 초자아에서 해방되어 진정한 자유의 감격을 느끼게 될까?

아직도 가야 할 길이 멀다.

자기를 속이지 않으면 병이 없다

프로이트는 신경증 환자를 치료하기 위해 평생 고군분투했다. 100년이 지난 지금 신경증의 치유는 가장 기본적인 치유에 속하지만, 당시만 해도 치유하기 힘들 뿐 아니라 그 원인조차 파악하기 힘든 병이었다. 그저 뇌의 문제, 꾀병 혹은 귀신 들림으로 그런 일이 일어난다고만 생각했다. 한마디로 정신과 의사들이 포기한 병이 신경증이었는데 그 문제를 끝까지 파고 들어가 원인을 진단하고 제대로 된 심리치료를 통해 사람들의 마음에 해방을 준 사람이 프로이트였다.

프로이트는 신경증 환자를 치료하면서 그들의 마음속에 무엇인가 깊이 억압된 것이 있음을 자각한다. 그럼 신경증 환자들은 무엇을 그토록 억압하길 원했을까. 이를 이해하려면 우선 프로이트가 살던 시대상을 살펴볼 필요가 있다. 그가 살던 시대는 청교도적이고 엄격한

규율이 사람들의 내면을 지배하던 후기 빅토리아 시기였다. 성과 관련된 이야기나 상징물은 모두 죄라고 단정 짓던 경직된 시대였다. 프로이트는 바로 그런 세상에 억압된 사람들이 늘어나면서 그들의 마음을 억누르는 신경증이란 비밀을 푸는 열쇠를 발견한 것이다.

정신분석학에서는 내면의 치료를 '무의식의 의식화'에서 시작한다고 보았다. 그러니까 억압이 많은 사람들은 의식화되지 않은 기억이나 욕구들 때문에 스스로 억압의 감옥에 갇히고, 그 고통이 증상으로 드러나는 것이다. 그럼 억압은 무엇일까? 억압이 무엇이길래 사람들의 마음을 그토록 병들게 할까? 억압 속에는 무엇이 들어 있을까?

억압 속에는 그 사회가 금기시하는 것들로 가득할 것이다. 성적인 욕구, 스스로 인정할 수 없는 행동들, 미워하는 사람을 죽이고 싶은 살기, 미움, 분노와 증오, 좌절, 두려움, 수치심 등…… 이런 것들을 다 드러내고 살 수는 없을 것이다. 그래서 있는데도 없는 척하는 것. 그게 바로 억압이다. 한마디로 자신을 속이는 행위다. 따라서 자신을 속이지 않으면 병도 없다.

나에게 수업을 들은 한 남학생이 어렵게 찾아와 상담을 요청했다. 그는 아버지에 대한 엄청난 분노를 갖고 있었다. 어린 시절 아버지의 폭언과 구타로 인해 사람을 정면으로 쳐다보지 못하고 항상 고개를 숙인 상태에서 눈치를 보며 말했다. 말이 자주 끊어졌는데 그때마다 긴 한숨을 내쉬었다. 그 학생은 '아버지'라는 단어가 나오면 목 주변이 충혈되었다. 말로만 듣던 신체화(somatization) 증상이다.

그럼 어떻게 억압을 풀 수 있을까? 쉬운 대안을 말해보자. 종이에 나를 억압하는 것, 나를 속이는 것이 무엇인지, 얼마나 많은 것들이 들어 있는지 그냥 생각만 하지 말고 낱낱이 써보는 것이다. 생각만 해선 소용이 없다. 종이에 써야 한다. 처음에는 잘 기억나지 않겠지만 하나둘 써내려가다 보면 아마 봇물 터지듯 억압된 것들이 분출될 것이다. 그래도 써야 한다. 낱낱이 말이다.

치유는 정직에서 출발한다. 무슨 정직? 바로 감정의 정직이다. 좋으면 좋다. 싫으면 싫다. 두려우면 두렵다. 미우면 밉다. 그런데 많은 사람들이 이런 감정 시스템에 문제가 있어 보인다. 좋으면서도 좋았다 말하지 않고 표현하지도 않는데 어떻게 알 수 있겠는가. 오히려 싫은데도 좋았다고 한다. 그럼 누가 좋은 줄 알지 싫은 줄 알겠나?

그것은 정직한 것이 아니다. 정직은 내가 느끼는 감정, 거기서 출발한다. 어릴 적, 좋았어도 "좋았니?"라고 반응 한 번 제대로 해주지 않는 부모님 때문에 좋아도 그냥 멍한 얼굴로 살아온 사람들이 있다면 자신의 감성 속에 들어 있는 인정받고 싶어 하던 숨은 욕구들을 스스로 받아들여야 한다.

어린 시절 보았던 〈전설의 고향〉이란 드라마에서는 유독 귀신이 자주 등장했다. 그런데 가만히 보면 평소 나쁜 일을 하던 이들이 죽어서 귀신이 되는 일은 극히 드물었다. 귀신이 되는 것은 거의 착한 여자들이다. 그리고 귀신들은 꼭 입에서 피를 흘린다. 왜 코피도 아니고, 입에서 피를 흘리는 걸까? 할 말을 못하고 죽어서다.

어린아이들은 자신의 감정을 속이지 않는다. 아이가 감정을 속인다면 이미 어른의 세계로 들어온 것이다. 세상을 어떻게 살아야 하는

때로는 마음도 체한다

지 벌써 눈치로 알아차린 것이다. 이 대목에서 물어봐야 한다. 왜 그토록 자신을 속이고 싶었는지, 그것을 통해 무엇을 얻으려 했는지, 자신을 속였을 때 좋았는지, 안정감을 얻으려고 내가 버린 건 무엇인지, 나는 누군지, 나는 누구여야 하는지 아니면 그냥 나로 사는 게 좋은 것인지…… 이런 본질적이고 존재론적인 문제를 맞짱 뜨듯 질문해보라는 것이다. 그것에 눈을 뜰 때 이미 그 사람은 더 이상 신경증이 지배할 수 없는 영역으로 진입한 것이다. 자유의 세계 말이다.

한국을 여러 차례 다녀간 세계적인 정신분석가 마이클 아이건 박사의 이야기가 떠오른다. 호텔에 머물던 아이건을 모시기 위해 가이드가 벨을 눌렀다. 2~3분을 눌렀는데도 아이건은 나오지 않고 '쿵, 쿵' 소리만 들렸다. 그리고 잠시 후 문이 열리면서 수건을 목에 두른 아이건이 땀을 흘리며 나오더라는 것이다. 가이드가 운동하셨느냐고 물으니 아이건은 이렇게 답했다고 한다.

"아, 미안해요. 이곳 침대의 스프링이 얼마나 좋은지 침대 위에서 뛰다 보니 소리를 듣지 못했어요."

그 말을 듣고 가이드가 웃으며 말했다.

"아! 아이건 박사님, 당신은 정말 아이(childish) 같군요."

그러자 아이건은 웃으며 이렇게 답했다고 한다.

"나는 일흔둘인데 지금까지 한 번도 어른이 되어본 적이 없습니다. 나는 어른이 되는 걸 원하지 않아요. 나는 과거에 비해 좀 더 성숙한 아이가 되었을 뿐이에요."

아이건 박사는 스스로 억압이 많은 어른이 되길 거부한 것이다.

만약 세상 모든 사람들이 억압하는 어른이 아니라, 과거보다 좀 더 성숙한 아이로서의 어른이 된다면 이 세상은 얼마나 행복할까? 억압은 내면의 아이가 소극적으로 외부의 환경에 눈치를 보며 스스로 인정받기 위해 만든 대안이겠지만, 어른이 타인의 눈치를 보지 않고 어린아이처럼 살아가는 것은 자기 삶에 용기를 갖고 살아가는 적극적인 대안이다. 우리는 얼마나 큰 용기를 가져야 그런 삶을 살수 있을까?

어찌 보면 억압은 세상이 나에게 요구하는 것이 아니라 내가 스스로에게 강요한 산물인지도 모른다. 그래서 자기를 속이는 것이고, 그런 속임의 삶 때문에 병이 생길 수밖에 없는 것이다. 어린아이, 자폐아, 동물에게서는 암이 없다는 얘기가 새삼 새롭게 들린다. 나는 나자신으로부터 얼마만큼 자유로울까!

하루 종일 화가 나 있는 사람

상담을 하다 보면 하루 종일 화가 나 있는 사람을 많이 만난다. 왜 저렇게 화가 나 있을까, 왜 저렇게 예민해 있을까, 왜 저렇게 인상을 쓰고 있을까, 왜 저렇게 넋 놓고 앉아 있을까, 왜 저렇게 쉬지 않고 계속 자기 말만 할까. 그런데 예민함, 인상 씀, 넋 놓음, 멍 때리기, 분노…… 모두 다 하루 이틀에 만들어진 현상이 아니라는 데 문제가 크다. 아주 오래전부터 그랬다.

어린 시절부터 할 말 못하고, 잔소리와 폭언을 들으면서 내면에 독기 가득한 감정들이 쌓이고 쌓여 마음이 체하고, 그런 체한 기운들이 밖으로 분출되지 않다 보니 우울증으로 발전하고, 우울증이 깊어지니 삶은 지옥이 되어 하루하루 어떻게 살까를 고민해도 시원치 않을 나이에 어떻게 하면 잘 죽을까, 고통 없이 죽을까를 생각한다. 아, 정

때로는 마음도 체한다

말…… 오죽했으면 저러나 싶다가도, 뭔지 모를 갑갑함과 답답함이 내 마음에 전이될 때에는 확 끌어안고 엉엉 울고 싶어진다. 상담에서 는 이를 역전이 현상이라고 하는데, 상담자가 객관적으로 감정을 다 루지 못하고 주관적으로 내담자의 기분에 감정의 균형을 잃은 상태 를 말한다.

어린 시절 마음이 지옥이었던 사람들은 자기 내면의 은밀한 공간 속에서 살아가는 법을 배운다. 즉 내면의 고립을 즐기는 것이다. 그 게 그나마 나으니까. 문제는 그렇게 자란 사람들은 지나칠 정도로 예 민해져서 자기 기분을 너무 중시한다는 점이다. 기분이 우상이 된다. 때문에 자기 기분에 조금만 거슬리는 것이 있으면 쉽게 넘어가지를 못한다. 이런 사람들이 부모가 되면 아이들은 죽어난다. 아이들이 하 는 행동, 말투, 성적 등을 절대 그냥 지나치지 못하고 훈계를 넘어 잔 소리와 다그침이 심해진다. 그리고 세월이 흘러 아이를 보면 어느새 그 아이도 자기처럼 하루 종일 화가 난 아이로 자라 있는 것을 본다. 불평불만 가득한 얼굴에 냉소적인 표정과 말투로 무장한 아이로 변 해 있다. 아, 누굴 원망해야 할까?

세상살이가 마치 운명의 장난 같다. 누군 잘사는 운명으로 태어나 온갖 호사를 누리며 살아가는데 누구는 아무리 열심히 일해 돈을 벌 어도 삶이 전혀 달라지지 않는다. 늘 마이너스 인생이다. 욕을 늘어 놓자면 × 같은 세상이다. 운명이다. 그래서 사람들은 그런 운명을 방치한 신에게 화가 나 있다. 때문에 나는 신이 세상에 존재하신다면 그 이유 중 하나가 욕먹기 위해서라고 믿는다.

제2장 ♥ 자기를 속이지 않으면 병이 없다

그런데 이것저것 다 인정한다 해도 묻고 싶은 게 있다. 제목처럼 하루 종일 화가 나 있는 마음을 어쩔 것인가? 가슴에 숯을 품고 있는 이상 숯불에 델 수밖에 없다. 그 화가 불[火]이 되어 나를 태우고 내 삶을 태우고 내 건강을 태우는데 그대로 둘 것인가? 이제는 그 불[火]을 꽃[花]으로 승화시켜야 하지 않는가? 인류는 불이 있어서 동물과 달리 문명을 만들어왔다. 맞다. 화는 사실 자기를 태우라고 주어진 에너지가 아니라 삶을 힘 있게 살라고 주신 에너지다. 그런 에너지를 나를 죽일 에너지로 만들어 사용하고, 화가 나도 화를 못 내고 참고 만 살아왔으니 정신은 미치지 않아도 내 몸의 세포들이 미쳐버리는 게 바로 암(癌)이다. 하루 종일 화가 나 있는 사람들은 24시간 꽥꽥 소리를 질러도 시원찮을 텐데 이상하게 다들 조용하다. 울어도 엉엉 소리 내 울지 못하고 흐느껴 운다. 아니, 아예 울지조차 못한다. 그래서 뭔지 모를 스산한 냉기가 아우라가 되어 내 마음에 스친다.

비가 오는 흐린 날, 그런 분들과 상담하기 위해 마주 앉아 있으면 가끔 섬뜩할 때가 있다. 흐느껴 울다(〈전설의 고향〉에 등장하는 귀신처럼 흐느껴 우는 여자분을 만난 적이 있다) 쓱 눈물을 닦으며 빨갛게 충혈된 눈으로 나를 바라볼 때, 그분에게는 정말 미안하지만, 순간 움찔할 정도로 섬뜩한 느낌이 든다. 한 맺힌 사람들의 눈물과 눈을 본 적 있는가.

나는 그런 분들에게 억울한 고난을 당한 구약성서의 욥처럼 하나님에게 부르짖어보라고 권하고 싶다. 목소리가 갈라져 하루 이틀 안 나와도 좋다. 부르짖고 부르짖으면서 기도하면 심리적인 차원에서도 카타르시스가 되어 마음 가득 차 있던 스트레스가 빠져나간다. 그런데 부르짖지를 못한다. 소리 내지 못한다. 얼어버린 것이다. 지독한 부정의 감정에 붙잡혀버린 것이다. 이게 비극이다. 이 비극에서 벗어나야 하는데 자포자기가 너무 깊어 아무 의욕도 없다.

사람이 무언가를 절실히 해야 할 때 아무 능력도 없으면 기도라도 한다. 물론 기도가 만병통치약은 아니다. 기도한다고 불가능한 일이 가능해지지도 않는다. 그러나 평소 기도하는 사람의 뇌와 기도하지 않고 살아가는 분들의 뇌는 차이가 있다. 심리적인 안정은 당연히 전자가 우세했다. 기도는 분명 종교 행위이지만 자의식을 정화시키는 고도의 심리 치료 방법 중 하나라고 나는 믿는다.

하루 종일 화가 나 있는 사람들은 하루 종일 우울한 사람들이고, 하루 종일 충동적인 사람들이며, 하루 종일 실체도 없는 누군가를 기다리는 사람들이다. 또한 하루 종일 이유를 알 수 없는 공허함에 시달리는 사람들이다. 그리고 하루 종일 자기 기분만 살피는 고립된 사람들이다. 이 사람들의 마음에 작은 희망이 움트게 해주려면 그들의 소리를 들어주고 그들의 억압을 같이 느끼며 때로는 그들이 부르짖지 못하는 부르짖음까지 대신 부르짖으며 기도하는 사람이 필요하다. 그게 바로 '맨토'다.

맨토는 원래 멘토라고 쓴다. 하지만 나는 맨토라고 말한다. 그 이유는 내가 속상한 일이 생길 때 '맨 먼저' 달려가서 내 속상한 '마음을 토로'하고 싶은 그런 대상을 말한다. 그게 맨토다. 그리고 이렇게 말해주는 것이다.

"아, 그럴 수 있어요."

"괜찮아요."

"아이구. 오죽했으면……."

이 세 마디를 진심 어린 마음으로 전할 수 있는 맨토만이 사람을 살릴 수 있다. 그런 사람만이 하루 종일 화(火)난 사람의 삶을 꽃(花) 피울 수 있다.

완벽주의는 커다란 병이다

　　나는 평생을 완벽주의 때문에 고생했다. 완벽주의가 있었기에 오늘의 내가 있기도 하지만 완벽주의는 불치병같이 나를 괴롭힌 병이었다. 완벽주의는 종교적인 병이기도 하다. 완벽을 추구하기 때문이다. 신(神)만이 완벽한데, 아니 성경에 보면 때로 신도 후회하시는데 신도 아닌 인간이 완벽을 추구한다는 것이 얼마나 모순인가!

　　사실 완벽주의자가 된 이유 중 하나는 성경에 대한 그릇된 해석 때문이다. "너는 네 하나님 여호와 앞에 완전하라." (신명기 18:13) 이 말씀은 하나님의 말씀에 순종하길 원했던 10대, 20대의 나를 무척 괴롭혔다. 내가 너무나 완벽하지 않았기 때문이다. 하나님이 원망스러웠다. 인간이 분명 완벽하지 않음을 아시면서 왜 이리도 완벽을 요구하실까? 뻔히 실패하고 부족한 걸 아시면서. 그래서 프로이트는 성경 말씀을 그대로 지키면 정신병자가 된다고 혹평하기도 했다.

나중에 성경을 좀 더 연구하다 이 구절의 의미가 완벽(perfection)이 아니라 온전함(wholeness)이라는 것을 깨닫고 큰 충격을 받았다.

완벽주의자들은 심신이 항상 긴장해 있다. 완벽주의자들에게는 쉼이 없다. 누구보다 쉬기를 원하지만 쉬지 못한다. 몸도 늘 긴장되어 있고 마음은 왠지 모르게 초조하다. 이들의 뇌는 거의 아드레날린 중독이라 봐야 한다. 마치 중요한 축구 시합의 승부차기에서 골문을 지키는 수문장의 뇌와 같다. 어디로 공이 날아올지 모르기 때문에 초긴장하는 것이다. 이 같은 긴장 상태를 분석해보면 이런 내용이 나온다. '그러니까 미리미리 준비해야 해!' 완벽주의자들의 머릿속에는 어린 시절에 인정받기 위해 목숨을 걸어야 했던 슬픈 기억이 자리하고 있다.

완벽주의자들은 어린 시절부터 조건적인 사랑을 받고 자란 사람들이 대부분이다. 아이는 어린 시절에 부모가 주는 무조건적인 사랑을 받아야 한다. 그리고 그 사랑에 감동하는 경험도 있어야 한다. 그래야 존재가 편안해져서 긴장하지 않아도 마음 편히 세상을 살아갈 수 있다. 그러나 나 같은 완벽주의자들은 그런 사랑을 받긴 받았지만 충분히 만족스럽게 받아본 경험이 드물었다. 무언가를 충분히 주지 않으면 우리는 그것에 더 굶주리게 된다. 아이가 필요로 하는 것을 맛만 보여주고 주지 않으면 아이에게 고문이다. 특히 그것을 조금 맛본 아이는 더 갈망한다. 마찬가지로 어렸을 때 부모의 인정을 받아먹고 사는 게 아이들이다. 아이들에게 무언가를 인정해준 후 그 아이의 얼굴을 보라. 기쁨을 이기지 못하는 표정을 볼 것이다.

문제는 그런 인정을 줄 듯 말 듯이 해보라. 그러면 아이들은 인정을 받기 위해서가 아니라 인정을 '받아내기 위해서' 몸부림친다.

그건 삶이라기보다 생존에 가깝다. 생존하기 위해, 인정받기 위해 부모가 말한 것과 부모가 암시한 것, 부모가 지시한 것을 '모두 다' 완벽하게 지키려 한다. 철저히 부모로부터 인정받는 아이가 되고 싶은 것이다. 한마디로 부모의 리모컨이 되길 바라는 것이다. 그래야 존재감을 느끼고 행복을 누릴 수 있기 때문이다. 그게 그 시기 아이의 운명이다. 운명치곤 너무 슬프지만 말이다.

아이에게 부모의 인정, 권위자의 인정은 마약과 같다. 따라서 부모는 아이들에게 끊임없이 이런 메시지를 전해야 한다. '나는 네가 무얼 해서(doing) 좋은 게 아니라 네가 그냥 너이기에(being) 좋은 거야!'

20세기의 신학자 폴 틸리히는 이런 편안함을 가진 사람을 '존재의 힘'을 가진 사람이라고 말했다. 짜증이 많고 분노가 많고 한숨이 많고 절망이 많고 불안이 많은 사람들은 한마디로 존재의 힘이 결핍된 사람들이다. 존재의 힘은 전적으로 존재 그 자체의 수용에서 나온다.

정신분석학자 카렌 호나이는 완벽주의를 근대에 만들어진 사회적 산물이라고 말한다. 즉 농사짓던 시절에는 완벽주의가 필요 없었을 뿐더러 또 있을 이유도 없었다는 것이다. 완벽주의는 산업혁명 이후 도시로 인구가 유입되고 경쟁적 구조가 형성되면서 시작된, 근대가 만들어낸 병이라고 진단했다.

경쟁, 인정, 생존, 긴장, 완전주의, 사회적 효용성…… 이것들은 자본주의 구조에서 생겨난 부산물이다. 자본주의는 존재 자체의 가치보다 얼마나 쓸모 있느냐는 효용성의 가치를 더 중요하게 여긴다. 그러므로 자본주의 사회에서 사랑의 반대말은 효용성이다.

호나이는 우리의 사회구조가 신경증을 유발하는 잠재적 원인이라고 진단한 최초의 학자다. 완벽주의는 안전을 추구한다. 안전을 추구하는 사람들 무의식의 기초는 '불안'이다. 불안은 사람을 삶으로 인도하지 못하고 생존으로 치닫게 한다. 나는 완벽주의를 공부하다 이 완벽주의가 단순한 강박 증세가 아니라 거대한 정신병이라는 사실을 자각했다. 완벽주의는 영적인 병이요, 심리적인 병이며 사회적인 병이고 인간 실존의 병이다.

완벽주의를 자각하기 이전에는 자기 능력의 10분의 1도 제대로 쓰지 못한다. 완벽주의자는 누구보다 열심히 일하고 최선을 다하며 살지만 삶이 재미없다. 그냥 생존할 뿐이다. 사람은 재미가 없으면 중독에 빠지게 되어 있다. 재미와 감동을 추구하는 것이 인간의 본성이기 때문이다. 내가 생각하는 자유란 바로 이런 재미와 감동에 바탕을 둔 자유다. 완벽주의자들은 이런 자유를 줘도 자유를 계획하고 자유를 연구한다. 자유 자체를 누릴 줄 모른다. 스스로를 노예로 만들어버린 것이다. 이제는 스스로 족쇄를 풀고 해방의 삶에 적응해야 한다. 그렇게 살라고 삶이 주어진 것이다. 그렇게 자연스럽게 사는 것이 바로 온전한 삶이다. 온전하게 사는 일만이 완벽한 삶을 포기할 수 있는 유일한 근거가 된다.

내성적인 성격이 고민인 당신에게

최근 인터넷 상담실에 성격이 내성적이어서 고통을 호소하는 많은 내담자들이 글을 올려주었는데, 정말 안타깝다. 참고로 나의 경우 MBTI(Myers-Briggs Type Indicator) 검사를 하면 I지수, 즉 내향성 점수가 엄청 높게 나온다. 남들 앞에서 강의도 하고 설교도 하고 웃기기도 하는 내가 내향적이라면 사람들이 잘 믿지 않으려 하지만 나는 지독한 내향성이 맞다.

내향성은 심리적 에너지가 안으로 향하기 때문에 하루 중 3분의 2 이상을 생각하며 산다. 그리고 사람을 만나면 피곤해한다. 사람이 싫어서가 아니다. 그렇게 생겨먹어서다. 때문에 내향형 사람은 혼자 책을 보거나 노래를 부르거나 음악을 듣거나 자거나 조용히 있거나 글을 쓰거나 어쨌든 혼자 있으면 에너지가 충전된다.

내향적인 사람은 신중해서 함부로 말하거나 행동하지 않는 좋은 점을 갖고 있다. 그러나 사회생활을 하면서 사람들과 어울리며 살아야 하는 직업이라면 내향성은 마이너스적 요소가 많을 수밖에 없다. 자기표현이 너무 부족하기 때문이다. 거기에 대인 관계 불안 증세까지 있다면…….

주위를 보면 지독한 내향성을 고쳐보려고 안간힘을 쓴 결과, 지금은 외향적이지는 않아도 내향성이라는 이유로 고민하지 않게 되었다는 사람들을 볼 수 있다. 그런 각오로 노력한 사람들의 의지에 박수라도 쳐주고 싶다.

내향적인 사람의 가장 큰 특징 중 하나는 생각이 너무 많다는 것이다. 차라리 생각을 많이 하는 시간에 한 번이라도 행동을 한다면 좋을 텐데 그러질 못한다.

무엇보다 거절당함에 대해 예민한 촉수가 발달되어 있다. 한마디로 너무 재는 게 많다.

그러다 보니 용기가 부족하거나 부족한 것처럼 보인다. 그리고 후회는 왜 그리 많은지. 한데 그런 후회는 거의 자책으로 귀결된다. 한마디로 악순환이 반복되는 것이다. 게다가 그런 자신을 다시 탓한다. 아, 어쩌라고…….

또 내향적인 사람은 다른 감정보다 수치심에 매우 민감하다. 결국 그를 구속하고 있는 건 수치심이라는 감정이다. 그 수치심이 드러날까 봐 불안해하며 언젠가는 그 감정이 들킬지도 모른다는 압박감을 갖고 살아간다.

사실 제 한 몸 살기 바쁜 세상에 그런 수치심, 누가 볼 사람도 없고 그것을 굳이 폭로할 사람도 없는데 분명히 그럴 사람이 있다는 확신을 갖고 살아가는 이들이 바로 내향성의 사람들이다.

정신분석가 해리 건트립은 이런 사람을 분열성 성격으로 진단한다. 정신분열증이 아니다! 분열성이라는 말은 자신이 자신으로부터 등을 돌린 상태를 생각하면 된다. 통합되지 않은 인격 말이다.

물론 외향적인 사람이 통합되었다는 말도 아니다. 자기반성을 통한 깨달음이 일어나지 않은 사람들은 거의 평생을 그런 분열성 성격을 끌어안고 살아간다.

행동주의 심리학에서는 내향성의 사람을 해병대 훈련소 같은 곳에 가서 소리도 질러보게 하고 사람들 많은 데서 춤도 추게 하는 등 여러 가지 행동의 변화를 강제로 촉구한다. 물론 그렇게 하는 게 안 하는 것보다는 낫겠지만 시간이 지나면 다시 제자리다. 근본이 변화되지 않았기 때문이다.

나는 내향적인 사람은 스스로를 보듬지 못한 사람이라고 말하고 싶다. 스스로를 보듬지 않을 때 생기는 첫 증상이 긴장이다. 몸과 마음이 늘 긴장해 있다. 따라서 자의식은 예민해지고 몸의 근육도 경직되어 있다. 이게 다 자신에게 겁을 주는 행동이다. 하지 말아야 할 행동이고 생각이다. 옛 어른들 말씀대로 '백해무익'한 생각일 뿐이다. 이러한 긴장을 인식하고 벗어날 수 있다면 운명이 바뀌는 듯한 경험을 할 수 있을 텐데 말이다.

사실 내향적인 사람들은 숨은 장점도 무궁무진하다. 그들은 섬세

때로는 마음도 체한다

하고 정확하며 상상력이 풍부하고 감성이 예민하다. 예술가들 중 대다수가 내향적인 성격이었다. 세상을 바꾼 위대한 사상가와 철학자들은 물론 내가 관심을 갖고 공부한 심리 치료 분야의 개척자들도 대부분 내향적인 사람들이다. 그들은 세계 여행보다 인간의 내면을 탐구하는 내면 여행을 더 좋아했던 분들이다. 그런 분들 덕분에 수많은 사람들이 새로운 삶을 살 수 있도록 인간 이해 및 심리 치료 이론들이 활짝 꽃필 수 있었던 것이다. 그러니 내향적인 분들은 힘내시기 바란다. 그리고 벙어리 냉가슴 앓듯 살지 말기 바란다. 내향적인 사람들이 말할 수 있는 용기와 직면할 수 있는 태도를 보완한다면 세상은 지금보다 더 많이 달라졌을 것이다.

나는 10년 넘게 서울과 대전을 오가며 강의를 했다. 버스를 주로 이용하는데 조용히 책을 보고 싶을 때 기사 아저씨가 TV를 크게 틀면 버스가 흔들리는 상황에서도 앞으로 가서 볼륨을 좀 줄여달라고 부탁한다. "예" 해놓고 무슨 이유에서인지 안 해주면 다시 가서 부탁한다.

기사가 귀찮다는 눈치를 주기도 하지만 나는 듣고 싶지 않은 소리를 들으면서 두 시간을 버티고 싶지 않아 말을 한다. 이건 내게 변화다. 아주 큰 변화다. 예전에는 무조건 참았다. 심지어는 기도한 적이 있다.

"하나님, 저 운전기사가 소리 좀 줄이게 도와주세요."

하지만 기도해서 응답을 받은 적은 한 번도 없었다. 그래서 나 스스로를 바꾼 것이다.

내향적인 사람들이 자기 안의 무언가를 느낄 때 조금만 더 용기를 내어 말하고 표현해볼 것을 권하고 싶다. 그렇게 말 한마디 하는 건 죽고 사는 문제가 아니다. 말 안 하는 것보다 말하는 게 더 긴장되지만 그 결과는 분명 편안함을 가져다줄 것이다. 걱정하지 마시라! 내향성 파이팅!

사소한 것에 목숨 걸지 마세요

우리 주위에는 예민한 사람들이 많다. 예민한 것과 민감한 것은 다르다. 민감한 것은 정상적인 반응이지만 예민한 것은 병적인 반응이다. 예민한 사람은 사소한 것에 목숨 거는 사람이다. 산을 보지 못하고 나무만 보는 사람이다.

이들에게 기분은 하나님 같다. 이들의 기분을 잘못 건드렸다가는 큰일이 벌어진다. 인간관계에서 '잠수'를 타거나, 며칠 동안 말을 하지 않거나, 폭발적인 감정 반응을 보이기도 한다. 이런 사람이 배우자나 애인이나 친구나 직장 상사나 윗사람이나 거래처 사람이라면 정말 피곤하다.

하인츠 코헛(Heinz Kohut)은 이런 사람들을 자기애적 상처를 가진 사람으로 묘사한다. 그들의 예민한 자의식은 언제부터, 왜 생겨난 것

때로는 마음도 체한다

일까? 코헛은 그런 증세가 아이가 고유한 자기(self)를 형성하는 0~2세 때 형성되었다고 한다. 그 시기의 작은 균열은 나중에 커다란 구멍이 될 수 있다. 마치 콘크리트를 배합할 때 물의 양이 적절하지 않으면 그 콘크리트는 구멍이 나거나 쉽게 깨지는 것처럼.

사람의 셀프도 마찬가지다. 그런 사람은 자신이 중요하다고 여기는 가치나 자기 자존심이 조금이라도 금 가거나 침해받는다고 느끼면 즉시 기분이 상한다. 그러면 본인만의 피해 의식으로 자신을 감싸고 리비도가 오직 자신에게로 향한다. 이러한 갈등 상황이 벌어지면 자신만의 방어기제를 사용해 자신을 지키려고 한다.

예민한 사람은 하루 일과에 사용할 리비도를 자신을 보존하는 데 과도하게 사용하므로 막상 집중해야 할 일에는 집중하지 못한다. 그래서 쉽게 지치고 쉽게 포기하는 경향이 있다.

예민한 사람은 자신이 예민한 줄 알면서도 좀처럼 인정하려 들지 않는다. 늘 예민하지만 건강한 척, 상처 안 받는 척, 늘 환한 척한다. 그런 태도가 자신을 더욱더 예민하게 만든다는 사실을 깨닫지 못한다.

또 예민한 사람들은 친절하지만 머리 회전이 빠르고 계산도 빠르다. 자신이 무엇을 얻고 무엇을 손해 볼지 감을 잡고 있다. 나도 예민한 사람이다. 예민한 사람이 예민한 사람을 알아보지 않겠는가! 그러나 살다 보니 이런 성격이 좋은 게 아니라는 결론을 내리게 되었다. 예민해서 얻는 이익보다는 손해가 막심하다. 예민해서 나 자신을 보호하고 방어하는 것은 좋지만 그로 인해 잃는 것이 너무 많았다.

예민한 사람은 상담할 때 상담자의 말 한마디나 표정에 예민하게 반응한다. 그래서 일본의 융 심리학자이자 상담학자인 가와이 하야오는 내담자가 무슨 말을 하면 "네"라고만 답했다고 한다. 아무리 슬프거나 화나는 말을 들어도. 하지만 그 '네' 속에는 수많은 말 이상의 감정을 담고 있다. 깊은 공감을 담은 "네"라는 한마디가 내담자들의 마음에 제대로 전달된 것이다. 예민한 내담자에게 필요한 것은 친절보다 적절한 반응이다.

예민의 반대는 둔감이 아니다. 예민의 반대는 민감함이다. 즉 건강한 상태로의 회복, 복귀를 의미한다. 이를 위해서는 결심도 필요하다. 사소한 것에 화를 내며, 세상이 자신을 버린 것처럼 욱하면서 피해 의식을 발동해 자신을 보호하고…… 이런 일을 하지 않기로 결심해야 한다. 신앙인이라면 이런 증세가 자신을 덮지 않도록 기도해야 한다.

그리고 가능한 한 삶을 즐겁고 편안하게 살면서 손해 볼 줄 아는 넓은 아량이 필요하다. 그래야 마음이 건강해지고 일상도 편안해진다.

육체적인 병의 70~80%가 마음에서 나온다는 말을 들었다. 나이 먹으면서 그 말을 절감한다. 건강하게 살려면 건강해질 짓을 해야 한다. 매일 고기 먹고 운동 안 하고 술·담배 하면서 건강을 기대하는 건 자신에게 사기를 치는 일이다. 자신을 속이지 말자. 모든 마음의 병은 자신을 속이는 데서 나온다.

자존심을 너무 내세우지도 말자. 자존감 높은 사람은 절대 자존심을 내세우지 않는다. 그럴 필요가 없기 때문이다.

건강한 자존감, 예민함이 아닌 민감한 삶의 태도. 사슴을 쫓다 산을 놓치지 않는 마음 자세. 이런 것을 지금부터 훈련하지 않으면 지금 상태가 60을 가고 80을 가면서 그렇게 살다 그렇게 죽을 것이다. 난 그렇게 살지 않을 것이다.

염려의 늪에 빠진 당신에게

　단순한 사람은 염려하지 않는다. 내면이 복잡한 사람일수록 염려가 많고 우울이 많다. 그런데 그 복잡함을 갖고 창조적으로 즐겁게 살 궁리를 하면 인생이 무척 즐거울 텐데 불행히도 그 좋은 머리 갖고 자신의 삶을 온통 염려의 늪으로 몰아간다.

　그런 염려는 우리가 아기였을 때 경험한 엄청난 무기력감에서 비롯된다. 아기는 태어났을 때 자기 혼자 해낼 수 있는 것이 아무것도 없다. 그래서 자신의 무능력을 울음으로 표현할 뿐인데, 이런 울음의 의미를 기막히게 파악하고 아기가 필요로 하는 것을 채워주고 도와주고 이를 반복한다면 아기는 그런 돌봄을 통해 스스로 그 혼란을 어떻게 이겨내야 하는지 감을 잡는다. 이를 통해 아기의 사유 능력은 생각의 능력으로 바뀐다. 그렇게 지능이 발달하면서 자신이 행한 모든 것에 대해 스스로 반성하고 평가하게 된다. 다시 말해 적절한 돌봄은 아기를 지혜롭게 만든다. 그리고 그런 지혜는 호기심으로 바뀌어 매사에 탐구적인 태도를 갖게 된다.

그러나 아기의 요구에 제대로 반응해주지 않으면 아기는 모든 것이 뒤죽박죽 혼란스러워진다. 무엇보다 자신이 무언가를 필요로 해야 한다는 현실에 절망을 느낀다. 그런 무기력감은 아기를 소극적으로 만드는 원인이 된다. 그리고 무언가 필요할 때 도움을 청하지 않고 자기 혼자 처리하려 한다. 얼핏 보면 대단히 독립적인 것 같지만 실은 고립적이다. 고립감이 들어 있다. 유아의 초기 상태가 중요한 이유가 여기 있다.

신뢰감이 무너지고 애착 시스템에 문제가 생기면 아기는 거의 자동적으로 스스로를 보호하려고 안간힘 쓴다. 그렇게 되면 아이는 삶을 누리지 못하고 언제나 생존만을 삶으로 끌고 간다. 그런 아이는 성장하면서 겪어야 하는 인생의 도전과 위기를 자신을 괴롭히는 박해적 상황으로 인식한다.

우주는 거대한 순환 구조로 되어 있고 사람 역시 순환 구조로 되어 있다. 사람의 감정, 마음, 사유 모두 다 흘러야 한다. 자연스럽게 흐르지 못하는 증세가 병을 불러온다. 그러면 맺히고 체하고 병든다. 해결되지 않은 과제, 충분히 받지 못한 사랑, 그로 인한 결핍이 인격 안에 자리 잡으면 평생 거지처럼 심리적으로 배가 고프고 평생 고아처럼 공허하고 외롭고 무기력하기만 하다. 하지만 분명한 건 막힌 변기가 뚫리듯, 막힌 하수구가 뚫리듯, 막힌 마음이 뚫리면 신기하게

제2장 ♥ 자기를 속이지 않으면 병이 없다

치유된 건 없어도 시원하다는 것이다.

나는 상담과 심리 치료를 같이 공부했는데 배우면 배울수록 한 사람의 가치가 얼마나 위대하고 큰지 감탄하게 된다. 헬렌 켈러를 위대하게 만들어준 건 수많은 사람이 아니라 단 한 사람 설리번 선생이었다. 그게 답이다. 사실 헬렌 켈러 같은 고통을 겪는 사람이 몇이나 되겠는가? 못 듣고 못 보는 것만으로도 미치고 환장할 노릇 아닌가!

그런 아이, 야수처럼 폭력적인 아이를 순한 양으로, 지혜로운 아이로 만들어가는 설리번 선생의 돌봄 앞에서 나는 많은 생각을 하게 된다. '저게 심리 치료다!' 심리 치료가 올바른 심리 치료가 되려면 반드시 그것을 받아주는 사람의 가슴이 넓어야 한다. 어떤 사연, 어떤 상처, 어떤 공포, 어떤 염려, 어떤 것도 바다처럼 받아줄 마음이 되어 있어야 한다. 이를 위해서는 기법이 필요한 게 아니다. 박사 학위가 필요한 것도 아니다.

마음 하나면 족하다. 그리고 인간의 마음이 어떻게 흘러가는지를 세심히 살피는 실력만 있다면 치료가 가능하다. 그 사람의 어린 시절에 부모가 채워주지 못한 결핍을 마음 깊이 공감하고 그 부분을 이해해주고 그걸 언어로 표현해주면 대부분의 내담자들은 그 자체만으로도 엄청난 카타르시스(정화되는 느낌)를 느끼는데, 이건 치료적 효과 그 자체다.

치료가 효과적이라는 것은 내담자가 늘 자기 안에서만 자기를 보아오다가 어느 날 상담자의 눈, 즉 제3자의 눈을 통해 자신을 바라본다는 것이다. 그때 내담자는 나도 이렇게 바라볼 수 있구나! 라는 객

관성을 배우게 된다. 그리고 자신이 행한 모든 일이 일종의 각본이라는 것을 자각한다. 염려의 각본, 불안의 각본, 패배자의 각본. 자신을 객관적으로 인식하는 내담자는 더 이상 주어진 각본대로 살지 않는다. 새로운 길을 보았으니 옛길을 고집할 이유가 없는 것이다.

내일 일은 내일 염려하라고 했다. 한 날의 괴로움은 그날에 족하다 하셨다. 믿음이란 하루를 살아가는 것이다. 우리는 내일을 살지 않는다. 지나간 어제를 다시 살지도 못한다. 우리는 오늘 '지금 여기'를 순간순간 살아갈 뿐이다. 우리가 책임질 수 있는 건 내일이 아니라 오늘이다. 과거가 아닌 지금이다.

그런데 우리의 초점은 현재를 살면서 항상 과거와 미래에 집중되어 있다. 그래서 늘 멍하고 혼란스럽다. 할 필요도 없는 염려에 또다시 자기 자신을 던져버린다. 무엇보다 슬픈 건 그 염려가 내 인생의 습관이 되도록 만드는 것이다. 염려가 습관이 될 정도로 돌봐줄 대상이 없고 위로를 줄 대상이 없고 비빌 언덕이 없다는 것, 나는 그것이 그의 결핍보다 더 슬프다.

아마 우리는 평생 염려할 것이다. 하지만 그런 염려도 조절할 수 있다. 염려를 두려워하지 말자. 염려를 오히려 잔소리가 조금 많은 친구로 삼자. 그리고 염려와 불안이 없는 빈 공간을 낯설어 하지 말고 조금씩 여유로움으로 고요함으로 받아들이고 즐기자. 하면 된다는 말은 바로 여기서 시작되어야 하는 말이다. 자기 삶의 고유한 주체가 되자. 욕심을 버리고 의욕을 갖자. 원망 대신 작은 것에 감탄하고 감사하자. 시간은 흘러가지만 한없이 흐르는 게 아니라 언젠가는 멎는다. 반복이 불가능하다.

　철학자 사르트르의 말처럼 인생이란 내가 평생 선택해온 것의 종합이다. 그뿐이다. 그렇다면 더 이상 나를 괴롭게 하는 선택을 멈춰야 하리라. 그래서 무얼 얻겠는가. 많이 힘들고 많이 한숨 쉬고 많이 욕하고 많이 절망하고 상상 속에서 많이 자살해보지 않았는가! 그걸로 족하다. 생각이 스스로 일어나 불안과 염려로 나를 끌어가도록 하지 말고 내가 생각을 마음대로 조종해볼 수 있는 내면의 고유한 힘을 키워나가자. 할 수 있다. 낯설다고 피하지 말자. 어차피 이 지긋지긋한 삶도 처음부터 익숙한 게 아니었고, 지긋지긋한 염려나 불안도 처음부터 익숙하지 않았다.

　이제 모든 건 해볼 만큼 해보았으므로 남은 건 모험이다. 괜찮다. 내가 하면 그만이다. 눈치도 그만 보자. 한번 해보자. 한번 가보자. 이후에 생길 일은 그때 겪으면서 대응하면 그만이다. 누구 말대로 죽기밖에 더하겠나?

　죽고 사는 것이 내게 달려 있나? 다 부질없다. 내려놓자. 자유로워지자. 편안해지자. 그리고 몸이 원하면 몸을 움직여 춤을 춰보자. 별것도 아닌 일을 대단한 것인 양 여겨온 마음을 토닥이면서 말이다.

착한 병의 치명적인 독

변증법이라 말하는 정반합의 논리가 있다. 정(正)이 순진의 상태라면 반(反)은 순진하지 않은 상태 혹은 반항의 상태라고 할 수 있다. 그러나 정과 반이 합(合)을 이루면 순진함도 넘어서고 반항도 넘어서는 성숙함의 상태가 된다. 그게 바로 합의 상태다. 착하고 순진한 사람들은 대부분 정의 상태에 머물러 있다. 머물러 있을 뿐만 아니라 정의 상태를 지키려 한다. 그게 삶의 목적인 사람들도 있다. 우리는 흔히 그런 사람들을 근본주의자라 부른다. 종교인들 중에 그런 사람이 유독 많다.

착한 사람들의 가장 큰 문제 중 하나는 용기가 없다는 것이다. 착한 사람들은 인정만 받으려고 한다. 그들은 안정 지향적 경향성이 무척 강하다. 그들은 자신들이 순수하다고 생각한다. 그래서 늘 윤동주의 〈서시〉 첫머리를 외우며 그렇게 살기를 바란다. "하늘을 우러러 한 점 부끄러움이 없기를."

그러나 묻자. 누구를 위해 그렇게 착한 것인가? 착하게 살아서 행복한가? 나는 우리나라 사람들이 가진 몇 가지 허위의식에 허탈한 웃음을 흘릴 때가 있다. 요즘 고깃집 중에 착한 고깃집이라는 이름이 많다. 물론 고기를 속이지 않는다는 말이지만 생각할수록 우습다. 착한 고기라니······. 고기가 나오려면 짐승을 도축해야 한다. 그게 착함인가? 착한 가격이라는 말도 과연 착해서 가격을 내린 것인가? 기업이 이윤 안 따지고 착한 마음으로 고객 유치하는 걸 본 적 있나?

교회도 그렇다. 교인들 중에 착한 그리스도인이 되게 해달라고 기도하는 사람을 많이 보았다. 그런데 성경 어디에 착한 사람이 되라는 말씀이 기록되어 있는가? 과연 성경 속 존경받는 인물 중에서 착한 사람이 있었나? 나는 지혜롭고 용기 있는 사람은 많이 보았지만 착한 사람을 본 적은 없다. 성경에서 말씀하는 착하다는 단어는 착하다는 의미가 아니라 신실하다는 의미가 대부분이다.

아이가 착할 수 있다. 그러나 어른은 착하기만 하면 안 된다. 내 친구나 연인이 착할 수 있다. 그러나 친구나 애인이 불량배들에게 둘러싸여 위험한 상황인데도 착하면 안 된다. 그때는 독해져야 한다. 어찌 보면 그게 착한 것이다. 나는 교회에서 착하다는 사람들을 많이 보아왔는데, 아이러니하게도 그런 사람들 대부분이 가정생활 혹은 대인 관계에 문제가 있거나, 융통성이 없거나, 하나만 알고 둘은 모르는 사람이거나, 이중인격을 가진 사람이다. 나는 그런 사람들을 너무 많이 보아왔다.

물론 착한 사람이 있다. 선하고 바른 사람도 많다. 그러나 말의 어감상 착한 사람은 매력이 없다. 한마디로 착하기만 하면 안 된다. 착하면서 용기가 있든지, 착하면서 목숨을 건 신실함이 있든지, 착하면서 결단력이 있든지, 착하면서 자신감이 있든지, 착하면서 지혜롭든지, 착하면서 능력이 있어야 한다. 그러니까 착한 사람들은 착함 하나만 갖고 살면 안 된다는 얘기다.

착함은 우리가 가진 유아적인 면모의 다른 이름일 뿐이다. 나는 남에게 보이려고 착한 사람이 되는 건 병이라고 말한다. 자기 자신에게 만족하기 위해 착한 사람이 된다면 좋다. 그러나 남의 인정, 남의 눈치, 남의 평가에 기준을 두고 살아가는 착한 사람이 있다면 그건 착한 게 아니라 착한 병에 빠진 중증 신경증 환자요 정신에 큰 문제가 있는 사람이라고 알려주고 싶다.

이 세상을 보라. 나이가 어리면 그렇다 쳐도 착한 사람이 살아갈 수 있는 세상인가? 예수님은 분명히 너희가 비둘기같이 순결하고 뱀과 같이 지혜로운 자가 되라고 하셨다. 비둘기와 뱀은 대극적 상징이다. 우리가 세상을 살아감에 있어 이 두 가지 요소가 반드시 필요하다고 역설하신 것이다. 그런데 많은 신앙인들이 비둘기만 되려고 한다. 그래서 무척 답답하게 산다. 비둘기는 건드리면 도망을 가지만 뱀은 건드리면 문다. 무는 공격성, 기독교인은 이 공격성을 거세당했다. 기독교 신앙에 이 공격성이 거세당했다고 주장한 사람이 바로 카를 융이고, 도널드 위니컷이다. 이들은 본능의 중요성, 본능의 생명

때로는 마음도 체한다

성을 강조한 학자들이다.

나는 우리의 삶에서 이 두 사람의 이론이 반드시 접목되어야 한다고 믿는다. 그래서 더 이상 착한 병이 좋은 신앙인 듯 오해받고 인정받는 분위기를 쇄신해야 한다고 생각한다. 착한 병은 교회와 사회가 치유해야 할 가장 대중적인 병이다. 착한 병이 진화하면 화병, 강박증, 신체화 질환(대표적인 질병이 암이다), 신경증, 정신증이 된다. 그래도 착한 병이 착하기만 한 병일까? 그런 착각을 반드시 깨뜨릴 필요가 있다. 착한 병을 앓는 자에게 순종을 외치는 건 당뇨 걸린 사람에게 탄산음료를 주는 것과 같다.

분별해야 한다. 순종은 착한 병에 걸려 하는 것이 아니다. 순종은 가장 큰 인격으로, 가장 큰 배움으로, 가장 큰 대화로, 가장 큰 의심으로 신과 대면한 뒤 마지막에 드려야 하는, 가장 인격적인 선택이어야 한다. 그런 과정을 다 삭제하고 순종하는 건 맹신이나 맹종일 뿐, 결코 순종이 아니다.

남의 시선을 지나치게 의식하는 당신에게

인터넷 익명 상담실에 한 분이 이런 글을 올렸다.

"제가 남의 시선을 정말 많이 의식하네요. 직업, 옷차림, 말하는 것 등을 남이 어떻게 볼까? 라는 생각을 하면서 지나치게 의식해요. 심지어 통화할 때도 저와 상대방의 통화를 다른 사람이 듣고 있다는 게 불편할 때도 있어요."

특별히 누군가와 시선을 맞출 때 불편해하는 분들. 시선 공포를 가진 분들은 항상 대인 공포의 문제를 갖고 산다. 청소년 심리를 연구한 사람들에 의하면, 청소년 시기의 특징 중 하나가 바로 시선에 대한 예민한 자의식이라고 말한다. 즉 청소년들은 아무도 자기를 보지 않음에도 누군가가 자신을 지켜보고 있다는 '가상의 청중(an imaginary audience)'을 염두에 두고 살아간다는 것이다. 다른 말로 하면 "남이 나를 어떻게 볼까? 어떻게 평가할까?"에 대단히 예민한 자의식이 있는 시기라는 것이다.

지금은 군에 입대한 내담자가 있었다. 앞서 말한 가상의 청중을 너무 많이 두고 산 청년이었다. 거의 고개를 숙이고 시선은 오직 땅만 보며 걷는데 그러다 보니 구부정한 어깨에 표정 없이 걷는 모습이 더 어색할 때가 있었다. 그 청년이 어느 날 군에 입대한다고 할 때 고민을 많이 했다(다행히도 얼마 전에 전화가 왔다. "훈련소 훈련 잘 마쳤습니다. 교수님 충성!").

이런 시선 공포 심리의 밑바닥에는 두려움과 수치심이 깔려 있다. 거기다 상담실에 올린 분의 글 내용을 보면 약간의 편집적인 의심도 보인다. 두려움, 수치심 그리고 타인에 대한 의심…… 이러면 그 누구라도 사회생활이 힘들어진다. 왜 이런 증세가 생기는 것일까? 그것은 분명 각자의 삶에서 나무의 나이테처럼 만들어진 크고 작은 상처(trauma)의 결과다.

몇 년 전 상담했던 주영은 심한 대인 공포 증세 때문에 나를 찾았다. 특이한 점은 그녀가 자신만의 인형을 늘 갖고 다녔다는 것이다. 그녀는 자리에 앉더니 내게 부탁했다. "교수님, 저는 사람 눈을 보면 불안해져요. 그래서 상담할 때 교수님은 저를 보셔도 저는 교수님을 볼 수 없어요. 저는 창문을 바라보고 상담할 테니 조금 이상해도 이해해주세요." 사실 한 시간 동안 창문만 바라보는 내담자를 바라보며 상담하는 것은 결코 쉬운 일이 아니었다.

그녀의 어머니는 맏이였는데 너무 많은 문제를 일으키는 세 명의

남동생(알코올 중독, 감옥, 결혼 파탄) 뒤치다꺼리를 하느라 주영을 낳고 전혀 돌보지 못한 것이 큰 원인이었다. 아기들은 생후 2개월이 지나면 자연스럽게 엄마와 눈 맞춤을 하려고 한다. 눈 맞춤을 하며 웃어주면 아기도 따라 웃는다. 그 시절 엄마는 아기를 비춰주는 거울 같은 대상인데, 이런 거울 없이 그녀는 성장한 것이다. 그래서일까? 20대 후반의 아가씨 내담자는 집에서 잘 때도 인형의 눈을 보며 잠든다고 했다.

내가 상담실에서 항상 만나는 고민은 그것이다. 결국 어린 시절, 너무나 중요한 그 시절에 조금만 더 관심과 사랑, 애착을 주었더라면 전혀 문제 될 게 없었을 것을. 그 작은 갈망, 인정받고자 하는 아이의 정당한 욕구들 중 그 어느 것 하나 만족시켜주지 못하고 성장한 내담자들. 하지만 그들의 부모 역시 의도적으로 그런 것이 아니다. 그 부모 역시 어린 시절 자기 부모에게서 심리적으로 받을 만한 좋은 유산이 없었기에 그런 것이다. 어찌 보면 막무가내로 아이를 키웠던 것이니, 사실 누가 나쁘고 누가 악하다고 정죄할 수도 없는 일이다.

주영은 1년간 일주일에 한 번 상담을 받으면서 더 이상 창문을 보지 않았다. 주로 자기가 가져온 인형을 보았지만 간간이 내 눈을 보면서 상담을 이어갔다.

"어린 시절 정말 고생하며 살았네요. 아무도 봐주지 않는 고립감을 어떻게 견디며 살았어요."

주영의 눈에 눈물이 보였다. 그 눈물이 창문에서 나에게로 시선을 돌리는 계기가 되었다. 그녀와의 상담은 해피엔딩으로 끝났다. 1년 동안 매주 빠짐없이 먼 곳에서 나를 찾아온 열정이 그녀를 치유했다고 믿는다. 지금 그녀는 작은 학원에서 아이들을 가르치고 있다.

시선 공포의 핵심 문제는 누군가 나를 본다고 생각하지만 나는 그렇게 생각하지 않는다. 시선 공포의 핵심 문제는 자기가 자기를 제대로 바라봐주지 않는다는 데 있다. 자기를 고운 시선으로 바라볼 여유가 없는 것이다.

사실 아무도 안 본다. 생각해보라. 오늘 만났던 친구나 직장 동료 혹은 다른 사람들의 옷차림이 생각나는가? 오늘 주위에 있던 사람들의 통화 내용이 기억나는가? 다들 자기 일에만 몰입해 바쁘게 살아가고 있지 않은가! 그들은 다른 사람에게 신경 쓸 여력이 없다. 내가 나의 진실한 실존을 보려 하지 않는 것, 그것이 원인이다.

당신이 신경증에 시달리는 이유

초자아(양심)는 우리 내면에서 크게 두 가지 일을 한다. 하나는 선과 악, 옳고 그름을 가늠하는 일, 또 하나는 자아에게 현재보다 발전한 존재가 되도록 부추기는 자아 이상 혹은 이상적 자아에 대한 기준을 제시하는 일을 한다. 그러다 보니 초자아 속에는 자아를 관찰하고 감시하고 평가하는 역할이 있다.

상담을 하다 보면 초자아가 매우 강한 사람이 있다. 자기 자아보다 초자아가 너무 강해서 스스로도 감당하기 어려운 사람들 말이다. 그들은 끊임없이 인정받으려 하고, 끊임없이 뭔가를 하려고 한다. 그들은 끊임없이 뭔가를 하려는 지향성 혹은 경향성에서 자기 존재의 의미를 찾는다. 한마디로 영혼에 쉼이 없다.

왜 그럴까? 초자아가 자아를 가만 내버려두지 않기 때문이다. 끊임없이 몰아붙인다. 그래서 초자아가 자아를 압도하면, 자아를 처단하는 일을 한다. 카를 융은 초자아가 하나님의 다른 이름이라 했는데 초자아의 소리를 듣고 자아가 자신을 죽이는 예로는 자살과 순교가 있다. 물론 신의 뜻이라 믿어 사심 없이 순교하는 것은 여기서 제외되어야 할 것이다.

대부분은 자살을 한다. 자살할 용기가(?) 없을 때는 자아를 서서히 피 말려 죽인다. 그게 우울증의 형태로 드러날 수 있다. 어떻게 그럴 수 있을까? 초자아가 자신의 기능을 남용하기 때문이다. 초자아의 원래 기능은 자아를 관찰하고 자아가 더 높은 뜻을 갖게 하는 기능을 포함하지만 이 기능이 강화되면 독(毒)이 된다. 그래서 관찰 기능이 감시 기능이 된다.

24시간 CCTV로, 24시간 내 심장박동 수와 내 뇌파와 내 눈의 동공을 감시하는 기계가 있다면 마음 편히 살 수 있겠는가? 그런데 초자아는 그럴 수 있다. 초자아가 가혹해지면 한 사람의 삶을 감시하고 두렵게 하고 묶을 수 있다. 그리고 자아의 자율성을 모조리 뺏고 자아를 해체할 수 있다. 그래서 그런 초자아를 나는 '독극물'이라 부른다. 따라서 그 독극물 같은 초자아에 반드시 물 타기를 해야 한다.

상담 도중에 자주 이렇게 묻곤 한다.

"당신은 당신이 옳다고 생각하는 것에 강한 신념을 갖고 계십니다. 그런데 옳은 것이 늘 옳은 겁니까? 그 옳다는 근거는 어디서 나왔습니까?"

형사가 취조하듯 때로는 강하게 밀어붙인다. 그래야 내담자의 초자아를 압박할(?) 수 있다. 초자아는 웬만해선 자신을 굽히는 법이 없기 때문이다.

초자아가 강한 사람은 남의 눈치 잘 보고 매사에 성실하고, 자기 가정에 충실하고, 자기가 믿는 신앙도 충실하고, 매사에 바른 생활을 추구한다. 그리고 매사에 완벽을 추구하며 자신이 한 일에 대해 반드시 칭찬과 격려와 같은 보상을 기대한다.

그런데 이런 사람들의 가장 큰 특징이 자기 칭찬이나 자기 격려에는 엄청나게 인색하다는 것이다. 자기가 자신을 무시하면서 남에게 무시당하지 않으려고 두 배 세 배 노력하며 살아가니 그 인생에 무슨 재미가 있겠는가? 사람이 낙(樂)이 있어야 사는데 낙이 없으니 거의 중독에 빠져 산다. 중독은 긴장을 덜게 해주고 순간의 쾌감을 주기 때문이다.

가혹한 초자아라는 독과 중독이라는 독이 서로 연결되어 있다.

한 세미나에서 어느 교수가 명언을 했다.

"정신병은 대부분 착한 사람들이 걸린다. 나쁜 놈들은 정신병에 걸리는 법이 없다."

나쁜 놈들은 인격 장애자들이므로 자기 잘못이 없고 자기반성 능력이 현저히 떨어진다. 그렇게 정신을 돌게 만드는 것이 바로 가혹한 초자아다. 자아에게 명령을 내리는 초자아를 다루는 것은 결코 쉬운 일이 아니다. 초자아는 인간이 부여하는 모든 권위의 뿌리이며 이상화의 근거다. 이를 객관화한다는 것은 대단히 위험하고 어려운 작업이며, 자아에게 커다란 혼란을 주기도 한다.

그러나 자아를 건강하게 만들고 자유롭게 하기 위해서는 분석과 해석을 통해 그가 가진 초자아를 적절히 객관화시켜주고 때로 자아가 자신의 초자아를 만만하게 볼 수 있는 능력을 함양시켜야 한다. 그럴 때 자아는 정신의 주체가 된다. 우리는 인생을 살면서 단 한 번도 자기 인생의 주인이 되지 못하고 늘 남이 하는 말, 남이 짓는 표정, 남의 기대, 남의 눈치를 보며 평생 예의 바르게 살고 있다.

때문에 문명사회에 사는 대부분의 사람들이 신경증에 걸려 있다. 그리고 초자아의 압력을 방어하느라 비정상적인 삶을 살아가고 있다. 악순환의 연속이다. 이 굴레를 깨부수려면 초자아를 모두 뜯었다가 다시 조립할 필요가 있다. 그래서 초자아가 자아에게 본래적 기능을 하도록 도와야 한다. 나는 그것이 정신분석적 상담의 가장 중요한 치료 중 하나라고 본다. 그리고 초자아의 객관화야말로 무의식의 의식화를 제대로 실현하는 방법이라고 본다.

더 많은 사람이 이런 사실을 자각해 정신의 자유를 얻고 살아갔으면 좋겠다. 언제나 노예로 살아갈 수 없는 것이 자아의 운명이니까.

때로는 마음도 체한다

투사하지 말고 애도하라

투사(projection)란 자기 내면의 부정적인 감정을 타인에게 전가하는 심리적 기제를 말한다. 흔히 우리가 남 탓 한다고 할 때 그 '남 탓'이 투사에 해당한다. 심리가 미숙할수록, 자아가 연약한 사람일수록 투사를 많이 한다. 투사하는 심리를 보면 나는 책임이 없다는 것이다. 모두 다 네 탓이라는 것이다. 어린아이를 키워본 사람은 알겠지만 아이가 배고프다고 해서 밥을 주면 숟가락질을 잘 못하는 아이들은 밥을 먹다 말고 숟가락이나 밥그릇을 집어 던지는 경우가 있다. 아무 죄도 없는 밥그릇, 숟가락에 화풀이를 하는 것이다. 입속에 제대로 밥 넣지 못하는 것을 반성하기보다 먼저 집어 던지는 것이 아이들의 특징이다.

성숙함은 살아가면서 그런 투사를 멈추고 '내 탓이오'를 하거나 스

때로는 마음도 체한다

스로 책임질 수 있는 것이다. 이런 남 탓(투사)의 반대는 내 탓(자학)이 아니다. 애도(mourning)다. 애도란 슬피 울며 마음의 아픔을 표현하고, 그 감정을 내 마음에서 떠나보내는 치유의 표현이요 과정이다. 애도와 슬픔은 다른 차원이다. 슬픔은 슬픈 감정을 느끼는 수준이다. 애도는 그 느낌을 온몸과 온 마음으로 표출하는 과정이다.

세월호라는 배가 진도 부근 해상에서 침몰하여 수백 명이 목숨을 잃었다. 특히 너무나 즐거워야 할 학생들의 수학여행이 악몽으로 변하고 돌이킬 수 없는 재난이 되고 말았다. 이런 사고를 당했을 때 유족들은 망연자실한 상태에서 슬픔과 그리움과 죄의식 그리고 분노와 상실의 감정이 번갈아가며 그들의 마음을 짓누른다. 삶이 지옥이 되어버린다. 그래도 애도해야 한다. 애도하지 않고 슬픔만 느끼고 있다면 그 슬픔의 에너지가 원자폭탄 터지듯 내면에서 폭발한다. 그러면 살아 있는 감정을 하나둘 다 없애버린다. 심리적으로 자살을 시도하는 것이다. 그러나 애도하면 그 대상을 떠나보내야 하기에 아직도 할 말이 많은 엄마, 아빠, 언니, 오빠, 형, 누나, 동생은 애도를 표출하지 못한다. 그렇게 되면 산 자가 죽은 자의 발목을 붙잡는 셈이 된다. 그럼 죽은 자는 떠나지도 못하고 머물지도 못하는 망자가 되는 것이다. 때문에 아무리 힘들어도 애도하며 떠나보내야 한다.

애도하는 자는 더 이상 투사하지 않는 반면, 투사하는 자는 결코 애도하려 하지 않는다. 예수님은 여덟 가지 하늘의 복을 강론하실 때 "애통하는 자는 복이 있나니 그들이 위로를 받을 것"이라고 하셨다. 그렇다, 애도하고 애통해야 한다. 그래야만 위로를 받는다. 하늘의 위로를 받는다. 그러나 참고 억누르고 위장하고 잔머리 굴리고 복수하고 미워하면 결코 하늘의 위로를 받을 수 없다. 그런데 우리나라는 불행히도 애도하는 문화가 아니다. 울면 "울지 마!"라고 한다. 특히 남자아이가 울면 "뚝!"이라고 말한다.

예수 믿는 가족이나 친구가 죽었을 때 엉엉 울면 그건 하늘의 소망이 없어서, 믿음이 없어서 저렇게 운다고 구박한다. 어찌 들으면 사람이길 포기하라는 말 같다. 하지만 아는가. 그런 나라일수록 귀신이야기가 많다. 억울해서 원혼이 된 한 맺힌 귀신 이야기 말이다. 귀신들은 몹시 소름 끼치게 운다. 왜? 살아생전 엉엉 울어볼 수 없었기 때문이다. 누군가 위로해준 적이 없었기 때문이다. 그런 사람은 반드시(?) 죽어서 귀신이 된다.

우리나라는 그런 경우 무당을 데려와 살풀이를 한다. 세상을 떠난 자의 넋이 살풀이를 통해 위로받고 할 말 하고 무당을 통해 억압된 감정을 다 표출하면 이제는 여한이 없다 하면서 사라진다. 그런 일을 꼭 무당을 통해 풀어야 했을까!

나는 강의 중에 이런 말을 자주 한다.

"세상에서 제일 무서운 사람이 누군 줄 아세요? 평소에 성실하고 꼼꼼하고 착하면서 말이 없고 놀 줄 모르는 사람이 제일 무서운 사람이에요."

사람을 끔찍하게 죽이는 사이코패스들 중에 잘 노는 사람이 있었을까? 친구가 많은 사람이 있었을까? 말이 없고 고립되고 놀 줄 모르는 사람들이 그렇게 무서운 짓을 저지른 것이다.

때로는 마음도 체한다

사람은 관계적 존재다. 태어나길 그렇게 태어났다. 한데 관계가 어긋나고, 어린 시절 사랑받고 인정받지 못하면 그 사람의 내부에 원한이 쌓이면서 마음의 분노와 원망을 반드시 투사하게 된다. 다시 말하지만 자아가 미숙하거나 연약할수록 투사는 더 심해진다. 그런 투사를 하는 부모를 만나면 자식은 죽어난다. 그런 직장 상사나 군부대 상관을 만나면 아래 직원들과 부하들은 죽어난다. 그래서 애도하는 건 복이다. 애도는 거짓이 아니라 진실한 감정이기 때문이다. 그 진실한 감정을 진심으로 드러내놓을 수 있다면 얼마나 좋겠는가!

그러나 자기감정의 진실을 두려워하는 사람은 체면과 수치심과 자존심 같은 방어기제로 똘똘 뭉쳐 있다. 그런 게 많을수록 사람은 이중인격이 된다. 자기 안에서 헐크가 튀어나온다. 왜 그런 삶을 살아가는 것일까. 알다가도 모를 일이다. 나는 그런 운명, 그런 팔자를 집어치운 지 오래다. 조금씩 내가 나로 살아간다는 건 결국 내 감정을 감정 그대로 느끼고 인정하며 살아가는 것이다. 살아갈 날이 살아온 날보다 많지 않을 것이라는 자각이 이런 신념을 더욱더 굳게 만들어주었다.

극기에서 자기 이해로

　방학을 이용해 충남 태안에서 극기 훈련을 받던 고등학생들이 목숨을 잃은 사건이 있었다. 안전 수칙을 무시한 주최 측의 프로그램 강행으로 바다에서 운명을 달리한 것이다. 젊은 아이들은 인내를 모르므로 적절한 극기 훈련이 나쁘다고 생각하지 않는다. 다만 강압이라는 이름으로 고통을 주면서 극기 훈련이라고 하는 것은 바람직하지 않다고 생각한다.

　내가 고등학교 다닐 때의 여름이었다. 그때 학교에서 극기 훈련이 있으니 한 사람도 빠짐없이 오라고 했다. 저녁을 먹고 늦은 시간에 학교에 갔는데 가자마자 갑자기 모든 것이 군대식으로 재편되었다. 얼차려를 주고 기합을 주고 원산폭격이라 부르는 머리 박기를 시키고 구호를 외치게 하고…… 이게 뭔가 싶었다.

군사정권이 집권하던 시절이라 군사 문화가 학교에서도 정당화되던 시절이었다. 아이들이 감당하기 힘든 일을 안기면서 교사들은 항상 극기를 강조했다. 그때부터 나는 '극기'라는 말을 싫어하게 되었다. 충분히 설명하고 충분히 이해시킨 후에 극기 훈련을 한 것이 아니라 그냥 무작정 명령을 내리는 식으로 극기 훈련이라는 걸 하게 된 것이다.

극기 훈련은 여자보다 남자들이 더 많이 한다. 마라톤 역시 남자들이 더 많이 한다. 둘 다 인내를 요하는 운동이고 훈련이다. 남자의 남자 됨을 확인받기 위해, 건강을 위해, 정신 강화를 위해 하는 이런 운동이나 훈련은 꼭 필요하겠지만 왜 하나같이 남자들은 이런 인내와 고통을 극복하며 자기를 이기는 일에만 몰입할까? 체력의 한계를 넘어서는 일이 자기를 극복하고 이기는 것일까?

그런데 여기에 하나 빠진 게 있다. 내가 늘 강의할 때 강조하는 말이다. 우리나라 사람들은 자기를 이기려고만 하지 자기를 '이해'하려 하지 않는다. 아니, '자기 이해'라는 말이 있는지조차 모르는 사람이 많다. 자기 극복(극기)이 있다면 자기 이해도 있어야 한다는 게 내 생각이다. 하지만 눈앞의 현실은 자기 극복만 있다. 자기를 이기는 것만 중시한다. 그런데 아는가! 자기를 이해한 사람들은 남도 이해하려 하지만 자기를 이기려고 하는 사람은 남도 이기려 한다는 것이다.

한쪽은 에너지의 방향을 일방적으로 모아 뭔가를 성취하려는 유형이고, 한쪽은 에너지의 방향을 통합하여 대극의 조화를 이루어 일이 아닌 존재를 성취하려는 유형이다. 우리 사회는 전자에 치우쳐 있다.

호텔 매점에서 일하는 여자분이 이런 한탄을 했다.

"우리나라 중년 아저씨들 무뚝뚝한 건 이해하지만, 상냥하게 얘기하는 법을 좀 배우면 좋겠어요."

그녀가 대하는 남자들은 주로 중·노년층인데 대부분 불친절하게 말하고 불친절하게 돈을 건네며 인사해도 잘 받지 않는다는 것이다. 너무 일방적이라는 것이다. 하나같이.

그 말에 동의한다. 글은 이렇게 쓰면서도 나 역시 아내에게 다정하고 친절하고 살가운 말을 잘 못한다. 배우면 뭐하나. 해보지 않고 경험이 부족하면 여전히 초보일 뿐이다. 나는 사회 분위기가 '이해'하는 쪽으로 갈 때 비로소 성숙하고 배려심 있는 공감적 사회가 될 수 있다고 믿는다. 그러나 사회 분위기가 극기로 가면 개인의 의지는 강화될지 모르겠지만 그런 사회는 서로를 적으로 규정하고 '너를 이기지 않으면 내가 진다'는 피해 의식으로 도배된, 불행하고 여유 없는 사회가 될 것임을 확신한다.

스파르타가 망한 이유 중 하나가 어린아이에게 가혹한 훈련을 강요한 것이다. 물론 역사적으로 그 당시 스파르타는 강한 자, 강한 사람만 키워낼 수밖에 없는 상황이었음을 안다. 그러나 지나치게 강한 것만 살아남아야 한다거나 그렇지 못한 것은 죽여야 한다는 규범은 잠시 그 조직을 유지할 수 있겠지만 결국 망조를 불러오고 마는 것이다. 평생 개인의 정신 건강을 위해 공부해왔지만 요즘에는 조금 알 것도 같다. 개인의 확대가 곧 사회이기에 우리 사회가 집단적 히스테리, 집단적 편집증, 집단적 광기를 갖고 살 수밖에 없는 병리적 구조가 어떻게 만들어지고 유지되는지 이제 좀 보이는 것 같다.

위로나 공감, 이해는 사람을 나약하게 할지 모른다. 그러나 우리 사회는 위로나 공감, 이해가 많다고 할 수 있는 사회가 아니다. 어찌 보면 위로나 공감, 이해가 전혀 필요 없어 보이는 사람일수록 더욱더 그런 걸 갈망하는지도 모르겠다. 그들의 강해 보이는 모습은 진짜 강한 것이 아니라 너무 약하기에 강한 척하는 반동 형성적인 강함인지도 모르겠다. 강한 정신력은 인내에서도 오지만 자기 이해에서 더 크게 오는 것임을 알지 못하기 때문이리라. 그래서 오늘도 우리나라 사람들은 극기 훈련만 한다. 아이들이 죽어나가도 몇 년 후에는 다시 해안가에 극기 훈련 캠프가 만들어질 것이다. 자기 이해가 그렇게 힘든 것이다. 그리고 또다시 극기 훈련만 하는 우리나라 사람들의 한계가 슬프기만 하다.

때로는 마음도 체한다

제3장

나의 상처
보듬어주기

처신을 잘하는 방법

"우물쭈물하다가 내 이럴 줄 알았다."

작가 버나드 쇼는 죽을 때까지, 아니 죽은 이후에도 멋진 독설로 자신의 묘비명을 통해 우물쭈물하다 죽고 마는 인생의 허무함에 대한 교훈을 주었다. 그렇지, 우물쭈물하다 시간이 흘러가고 세월만 지나가는 게 사람의 운명인지도 모르겠다. 어느 분이 인터넷 상담실에 막연한 질문을 던졌다.

"어떻게 해야 처신을 잘할 수 있나요?"

약아빠져야만 살아남을 수 있는 세상에서 내향적이고, 말이 없거나 말을 잘 못하고, 소심하고 순진한 사람들은 이 사회에 발을 못 붙이게 되어 있다. 구조가 그렇게 되어 있기 때문이다.

순진한 건 죄가 아니지만 순진한 사람, 특히 주민등록증 받은 나이에도 순진한 사람은 인생살이가 힘들다. 그런 사람들에게 필요한 게 바로 지혜다. 순진한 사람은 지혜가 부족한 까닭에 융통성도 부족하고, 앞뒤 분별도 없다.

나도 그런 사람 중 하나였다. 그러나 상담을 공부하고 인생에서 죽을 만큼 마음고생을 하며 깨달은 것이 있다. '사람'이란 존재에 대한 객관적 인식이다. 이를 위해 가장 우선되어야 할 대전제가 있다. '사람이 다 내 마음 같지 않다'는 명제다.

내가 아는 한 목회자 친구가 식구들을 데리고 꽤 먼 곳으로 선교와 자녀 교육이라는 명목으로 외국을 갔다. 문제는 이 친구의 믿음이 너무 좋다는 것이다. 왜냐하면 그곳에 갈 돈, 생활할 돈을 오직 한국에서의 후원을 통해서만 진행하려 하기 때문이다. 하기는 목회자가 무슨 큰돈이 있겠는가? 충분히 그럴 수 있는 상황이라 보는데 이 친구가 휴대전화로 문자를 보낼 때마다 무척 안타깝다. "후원을 받는 것이 이렇듯 어려운 일인 줄 몰랐습니다." 나는 이 대목에서, 사랑하는 친구지만 어쩔 수 없는 친구의 순진함을 본다. 그 문자를 받고 안타깝기도 하고 속상하기도 하다. 긴 한숨이 절로 나온다.

지혜는 경험에서 나온다. 그렇다고 모든 경험을 다 할 수 있는 것은 아니지만 나는 상담자로서 많은 사람들을 만나다 보니 그들 안에서 일정한 패턴을 본다. 한 예로 나에게 늘 수업 후 문자를 보내는 학생이 있었다. "교수님 수업은 늘 최곱니다! 건강하세요!" 당연히 고마웠다. 중간고사 점수도 후하게 주었다. 근데 얼마 후 다른 교수와 이야기하던 도중에 그 교수가 자기 수업을 듣는 학생이 이런 문자를 보내 기분이 좋다고 자랑하면서 문자를 보여주었다. 그 학생이었다.

그때 한 가지 사실을 깨달았다. 나에게 친절한 사람은 다른 사람에게도 똑같이 행동할 수 있구나. 물론 모두 그렇다는 것은 아니다. 그러나 사람은 누구나 일정한 패턴이 있어 자기 패턴을 반복한다는 점을 알게 되었다.

또 하나, 너무 친절한 사람은 '너무' 친절한 것이 아니라 '너무' 할 만한 무언가가 있다는 것이다. 물론 평소 잘 모르는 사람, 낯익은 사람이 아닐 경우에 말이다. 조직 사회에 들어가보면 분명 상하 구조가 있게 마련인데, 상사와 어떤 관계를 맺어야 할지 몰라 혼나는 직원들이 많다. 그럴 때는 그 회사에서 자기보다 오래 근무한 선배를 만나 거하게 대접하면서 직장 상사의 면면을 노트에 적어가며 성향을 파악하는 것도 좋다.

그건 무엇인가? 적극성이다. 그런데 순진한 사람들은 이런 적극성이 부족하다. 수동적으로 그저 어떻게 되겠지 하고 마냥 기다린다. 하지만 절대 그렇지 않다. 그리고 시키는 일만 하는 사람이 있다.

이번에 군대에 간 내담자 대학생에게 이런 말을 했다.

"너 잘 들어라. 군대 가서 자대 배치 받으면 무지 힘들 거다. 일도 많이 시키고 그럴 거야. 그런데 이건 꼭 기억해둬라. 그 사람들이 시킨 일 외에 한 가지만 더 해라. 예를 들면 군화 정리하라고 하면 그 일 하다가 흙 묻은 군화가 보이면 털어놔라. 그렇게 몇 번만 더 바쁘고 애쓰면 군 생활이 편해진다."

지혜, 적극성, 사람의 패턴 파악하기, 능동성. 나는 이 네 가지가 조직 사회에서 제대로 처신하는 좋은 방법이라고 생각한다. 좀 더 덧붙이자면 책 한 권 나올 만한 분량이겠지만 짧게 말해서 그렇다.

그러나 가장 중요한 처신은 당당함이다. 어떤 경우에도 당당하게 행동하는 것이 가장 바람직한 처신이라고 생각한다. 자기 존재의 당당함이 부족한 사람들일수록 처신을 못한다. 때문에 결국에는 자기 존중감, 자존감, 자아상의 문제를 다시 거론하지 않을 수 없다. 가장 훌륭한 처신은 '~을 하는 것'이 아니라, 자기 스스로 당당해진 모습으로 대처하며 살아가는 것이기 때문이다. 아무리 외모가 괜찮다고 해도 항상 눈치만 보고 있다면 그 모습을 보고 다른 사람들이 눈치만 보는 사람 같다고 말할 것이다. 그건 비난이 아니라 스스로 그렇게 자기 모습을 만든 것이다.

사람은 항상 '확인'을 받고 '확인'을 시키는 경향이 있다. 즉 자기 자아상이 부정적이면 사람들이 자신을 부정적으로 보도록 무의식에서 유도한다. 그런 식으로 자기를 확인시키는 것이다. 따라서 자아상과 자존감에 변화가 없으면 그 사람은 평생 그런 모습으로 자기 처신을 하며 살아갈 것이다.

우물쭈물할 수 있는 특권은 젊었을 때다. 나이 들어서도 우물쭈물하면 후회만 남는다. 남에게 보여주는 인생에서 스스로의 내적인 힘, 심리적 내공을 쌓아가야 하는 일이 그래서 중요한 것이다.

신의 선물

행복은 무엇인가? 내일의 행복을 위해 오늘 이를 악물어가며 참고 견디는 것인가? 우리는 그렇게 배워왔다. 고등학교 때는 대학 입학을 위해 숨죽이며 살았고, 대학 가면 군대를 제대해야만 행복이 찾아온다 했고, 제대하면 졸업 준비와 취업 준비로 다시 내일을 준비해야 했고, 취업하면 가정을 이뤄 미래의 행복을 준비해야 했고, 결혼하면 아이들 낳고 아이들의 미래를 위해 다시 뛰어야 했고, 조금 살 만하면 노후를 위해 준비해야 했고…… 나이 들면? 끝이 없다. 도대체 행복이 있기나 한 건가?

따라서 이 같은 방식의 행복은 행복이 아니라는 결론이 나온다. 행복은 '지금 여기'를 인식하고 '지금 여기'에서 감사하고 그 감사를 보람으로 느끼는 순간적 기쁨 혹은 황홀감이 아닌가 싶다. 그게 내가 생각하는 행복의 정의다. 거창하게 생각할수록 행복은 멀리 달아난다. 이렇게 '지금 여기'에서 의미를 느끼고자 하는 인간의 성향을 '욕망'이라 부른다. 욕망이라는 단어는 우리 사회에서 부정적인 개념으로 인식되어왔다. 욕망은 언제나 사건을 만들고, 무언가를 선택하게 만들며, 그것이 모여 인간의 역사가 된다. 인간의 역사는 욕망이 구체화된 결과다.

나는 상담하면서 언제나 이런 욕망에 초점을 맞춘다.

"지금 이 순간 당신의 욕망은 무엇이죠?"

이게 내 상담의 중심 포인트다. 내담자가 생각하는 욕망의 최선은 무엇이고 그것이 좌절된다면, 욕망의 차선은 무엇인지 묻는다. 그래서 자기 욕망에 최선을 다할 수 있는 상황이 아니라면 자기 욕망에 차선을 택할 수 있는지 묻는다. 최선을 택할 수 없다면 차선의 욕망이라도 구체화시켜보자는 말이다. 물론 인간은 차선의 욕망을 이루어도 거기에 만족하지 않고 또 최선의 욕망을 바란다. 그래서 욕망은 언제나 무지개 같다. 보이지만 손에 잡을 수 없다.

고등학교 친구 녀석은 48년간 총각으로 살았다. 집안도 외모도 실력도 뭐 하나 내놓을 것 없이 열등감으로 가득한 녀석이었다. 한창 이성에 눈뜰 나이에도 그는 자기 열등감 때문에 또래 아이들과 데이트 한 번 해본 적이 없었다. 그래서 속이 타고 애가 타는 모습을 많이 보아왔다. 한번은 그 친구가 내게 편지를 보내왔다. 수십 년 전 편지지만 그중 한 대목이 잊히지 않는다. 일종의 자작시였던 것 같은데 한 문장에 이런 글을 담았다. "나는 매일 그리워한다, 16세 소녀와의

달콤한 섹스를……." 나는 변태 같은 놈이라고 놀려댔다. 그리고 오랜 세월이 지나 20여 년 만에 어떻게 알았는지 내 휴대전화로 문자를 보냈다. "상규야, 나다. 기억은 하니? 나 드디어 결혼한다." 나도 반갑게 답장하면서 궁금한 것을 물었다. "신부 될 분과 같이 찍은 사진 좀 보내라." 사진이 왔다. '어?' 사진 속 신부는 외국인이었는데 어려 보였다. 나이를 물었다. "신부가 어려 보이네? 몇 살이니?" "올해 26세다." "아……."

친구 놈 참 지독하다. 그놈은 늦게나마 자기 욕망을 한풀이하듯 풀어버린 것이다. 이걸 병이라고 해야 할지 위대하다고(?) 해야 할지 모르겠다. 부러우면 지는 거니까.

욕망의 패턴은 끊임없이 바뀐다. 한때 눈에 뭔가가 씐 것처럼 좋아하던 이성이 유일한 욕망의 대상이었는데 세월이 흐르고 나면 다른 여자, 다른 남자, 다른 이성이 욕망의 대상이 되어 눈에 어른거릴 수 있다.

많은 사람들이 자신의 욕망에 충실하지 못하다. 명분, 체면, 환경, 눈치, 도리…… 이런 것이 욕망을 내리누른다. 그리고 욕망을 희생하면 위의 다섯 가지 주제가 축하해준다. 그러나 축하도 잠시. 평생 좌절한 욕망이 부글부글 끓는다. 흔히 욕망은 순간이라고 하지만 순간의 욕망은 충동일 뿐 욕망이 아니다.

욕망은 리비도(libido)다. 프로이트에 의하면, 리비도란 인간을 움직이게 하는 근원적 에너지다. 프로이트는 그것을 성욕으로 이해했지만 성욕이 원유라면 그 원유에서 나온 숱한 열정, 갈망, 노력, 문화, 예술 등은 모두 원유를 삶의 환경 속에서 승화시킨 결과다.

　나는 무엇을 원하는가? 정말 그것을 바라는가? 왜 그토록 원하는가? 그렇게 물어도 가슴이 답답하다면 당신은 정말 그것을 욕망하고 있는 것이다. 우리는 욕망의 존재다. 내가 믿는 신앙에서는 욕망을 십자가에 못 박으라는 소리를 자주 들어왔다. 그러나 십자가에 욕망을 못 박으라는 그 거룩한 마음조차 거룩한 욕망이 아니던가!

　신은 우리에게 욕망을 주셨다. 욕망은 더러운 것이 아니라 가장 형이상학적인 신의 선물인 것이다. 신의 욕망이 세상이 되고 인간이 되었다면, 이 욕망은 창조성을 담고 있는 것이다. 욕망이 가장 원하는 욕망은 무엇일까? 더 이상 욕망하지 않는 것이다. "이제 됐다. 여한(餘恨)이 없다"라고 말하는 것이다. 그런 자기 비움으로 나아가기 위해서는 꼭 한 번 충만해져야 하는 것이 욕망이다. 그러므로 욕망하라! 그 욕망이 당신을 선명하게 존재하도록 만들 것이니!

정말 화날 때 그렇게 할까?

얼마 전, 기독교 TV에서 목사님 몇 분이 토론하는 것을 보았다. 내 또래의 목사님들이고 삶에 관한 이야기를 나누는 내용이라서 더 유심히 보게 되었는데, 헐! 동의할 수 없는 내용이 나왔다. 다들 목회하면서 분명 화가 날 만한 상황이 있었을 텐데 그 해결 방법들이 너무 '목사님'스러웠다. 의심스러웠다.

과연 화가 날 때 기도하고, 영화 보고, 누군가와 이야기 나누면 정말 화가 풀릴까. 그건 화가 날 만한 상황을 마주해본 적이 없거나, 방송이어서 속내를 다 보여줄 수 없어 그랬을 것이다. 나는 화를 잘 내는 성격은 아니지만 일단 화가 나면 열이 확 받는 성격이다. 참고로 화, 분노의 정의를 내린다면 '기대치에 대한 좌절'이다. 나는 이 말이 매우 잘된 정의라고 생각한다. 결국 화, 분노를 일으키는 원인은 침

때로는 마음도 체한다

범과 기대치다.

프로이트는 이런 말을 했다. 성욕은 나를 보존하려는 욕구이고, 분노는 나를 지키려는 욕구다. 프로이트다운 말이다. 누가 나를 침해하고 침범하려 할 때 가만히 있으면 그건 병이다. 반항하고, 항의하고, 온몸으로 소리쳐야 한다! 그래야 억울한 상황을 당하지 않고 나를 지켜낼 수 있다.

나는 내 인생에서 가장 분노한 순간들이 몇 번 있었다. 그리고 그 분노는 내 삶을 완전히 바꿔놓았다. 스물네 살 되던 해, 너무 좋아하고 신뢰하여 형님이라 부르던 선생님이 있었다. 친구요 동역자요 형이었던 사람이 하루아침에 인간적인 배신을 해서 원수가 되어버린 상황. 거기에 나에게 보내던 살기 어린 선생의 눈빛도 나에게는 두려움과 반발심을 불러일으켰다. 한마디로 모멸감을 안겨주었다.

후폭풍이 밀려왔다. 너무 억울하고 분하고, 배신감에 치를 떨게 된 것이다. 그런데 착한 그리스도인이었던 나는 성경 말씀 그대로 원수가 된 그를 용서하고 사랑하기 위해 나름 많은 기도를 드렸지만 소용이 없었다. 그리고 3~4일 지난 어느 날, 다시 그 선생의 이름을 부르며 기도했다.

"아, 하나님. 참 힘드네요. 제 마음에서 그 유○ 선생님을 용서하기가 정말 쉽지 않네요. 아, 주님. 그 유○ 선생, 그분을, 그분, 그, 흐흐흑흑."

울음이 터져나왔는데 순간 기도가 이렇게 바뀌었다.

"흐흐흑, 흑. 그분, 그, 그 개쉐끼, 그 씹팔 넘!!!"(죄송하다, 너무 원초적인 욕을 써서……)

하지만 그랬다. 그렇게 나 혼자 30분쯤 욕을 한 것 같다. 그리고 신기한 일이 벌어졌다. 마음 한구석의 무거운 돌덩어리 하나가 빠진 것이다. 그때 깨달았다. 아, 욕도 치유구나. 욕하는 것이 치유가(?) 된다는 걸 난생처음 깨달은 것이다. 그 뒤로 화나는 일이 생기면 할 수 있는 욕을 혼자 내뱉는다. 결코 착한 그리스도인이 되지 않는다. 물론 욕을 하고 나서는 즉시 회개한다(?). 참 편리한 방법이다. 하지만 그것이 원수도 살리고 나도 살리는 나만의 처방법이다.

가해자에게 화를 내고 욕하는 것은 윤리적인 문제라기보다 감정의 문제다. 따라서 감정은 감정으로 처리하는 것이 좋다. 누군가 나에게 상처를 주었다 하여 상대에게 물리적인 상처를 안기면 그건 감정의 문제를 벗어나 법적인 문제가 될 것이다.

최선의 방법은 아니지만 욕으로 받은 화는 욕으로 풀면 그만이다. 중요한 것은 욕을 하고 안 하고가 아니라 화의 기운이 오래가지 않도록 하는 것이다. 한이 맺힌다는 말이 있다. 한은 반드시 분노의 문제를 끌고 들어온다. 한은 풀지 못한 분노의 응집된 표현이다.

요즘 TV 뉴스, 인터넷 뉴스 보기가 겁난다. 너무 화날 일이 널려 있기 때문이다. 정치권을 보라, 법조계를 보라, 경제계를 보라, 물가 오르는 걸 보라. 그리고 이번에 전 국민을 충격으로 몰아넣은 세월호 침몰 사건에 대처하는 모습을 보라. 무엇 하나 제대로 된 게 없다. 이 나라에 살면서 화 안 내고 살 방법이 없다. 그래서 화 다스리는 일을 나 혼자 정리해야겠다고 결심한다. 우리나라 사람들은 너무 한이 많아서 평생 한풀이만 하다 죽는 것 같다. 이건 너무 슬픈 현실이다.

나는 화가 날 때 생기는 문제는 다 정상이라고 본다. 그러나 언어적인 표출 이외의 물리적 표출은 가급적 자제하거나 공적인 법을 통해 해결하라고 권한다. 중·고등학생들이 서로 화가 나 말싸움하는 건 그럴 수 있지만 주먹다짐으로 이어진다면 큰 문제가 될 수 있지 않은가.

고로 TV 토론에 나온 목사님들의 화 푸는 법에 대해서는 동의하지 못하겠다. 그건 화난 사람의 모습이 아니고 화 푸는 방법도 정직하지 못했다. 분노의 상황에선 도덕적인 문제도 중요하지만 감정적 문제를 그 자체로 이해하고 수용하며 자기 수준에서 적절히 처리하는 방법이 더 효율적이라고 생각하기 때문이다. 늘 말하지만 화는 화(火)다. 불이다. 불은 모든 걸 태운다. 그 화의 기운이 커지지 않도록 하는 것이 중요하다.

과거의 실패가 자꾸 떠오른다면

언제부턴가 책상 위에 오뚝이 하나를 갖다 놓고 싶었다. 아무리 넘어뜨려도 그리고 뒤집어봐도 이내 균형을 잡고 제자리에 서는 오뚝이. 오뚝이의 생명은 밑부분에 타원형의 무거운 플라스틱이나 납덩이가 들어 있다는 것. 사람도 그렇다. 사람도 중심에 든든한 자기(self)가 자리 잡고 있으면 아무리 넘어지고 고꾸라져도 반드시 다시 일어선다. 이런 성향을 '회복 탄력성'이라 부른다.

상담에서는 그런 말을 한다. 결국 상담이 잘 이루어져 치료 마지막에는 "내가 나 자신에게 가장 좋은 부모 노릇을 해주는 것"이라고 말이다. 아이는 실수하며 넘어지고, 사고 치며 성장하고 발달한다. 그런데 부모나 아이를 돌보는 이들이 그런 실수를 못 받아줄 때, 그런 행동에 버럭 화를 내거나 호통을 칠 때 아이는 실수한 자신을 못난

이, 바보, 등신, 천치라고 정죄한다. 어른들이 그런 식으로 몇 번 아이를 대하면 나중에는 오토매틱으로 아이 스스로 자신을 엄하게 꾸짖는 부모가 된다.

상담 시간에 내담자 한 분이 오셨다. 50대 초반의 다소곳하게 생긴 분이었다. 한 시간을 상담하기에 차(茶)를 준비하는 것은 필수적인 일이다. 녹차 티백을 컵에 넣자 그분이 물을 부어드리겠다며 도와주는데 갑자기 휴대전화가 울리면서 주전자가 옆으로 치우쳤다. 그 바람에 휴지와 책에 물이 튀고 말았다. 내가 먼저 말했다.

"아, 괜찮아요. 그냥 두세요. 제가 닦으면 되니까요."

그분이 가만있을 리가 없었다.

"아우, 이를 어째. 어머나, 내가 이런 큰 실수를. 교수님, 너무너무 죄송해요. 제가 이런 실수를 아유……."

"괜찮아요. 그럴 수도 있죠. 그냥 닦으면 되는데요 뭘. 편히 생각하세요."

하지만 그분은 물 묻은 책값을 지불하겠다, 제가 큰 실수를 했다며 5분가량을 사과했다. 내가 괜찮다면 괜찮은 것인데, 왜 저렇게 혼자 오버를(?) 하실까. 안타까웠다.

다음 주에 상담을 와서도 지난주에 물 엎지른 일을 사과했다. 나는 껄껄 웃으며 아직도 그걸 기억하시느냐고, 정말 괜찮으니 염려 좀 내려놓으시라 했다. 그제야 안심하는 모습이었다. 도대체 무엇이 그분을 그렇게 작은 실수 하나에 연연하게 만들었을까. 예상한 시나리오 그대로였다. 완벽주의를 갖고 계신 부모의 영향력이었다.

어린 시절 아버지는 노트에 쓴 글씨를 지운 지우개 가루가 바닥에 조금이라도 떨어져 있으면 호통을 치셨다고 한다. 그래서 그녀는 그 길고도 오랜 시간 동안 윗사람에게 꾸중 듣지 않으려고 몸가짐을 철저히 했다고 한다. 한데 그것이 그녀의 숨통을 죄기 시작했다. 강박증이 생긴 것이다. 자신을 보듬지 못해 생긴 증상이었다. 자신을 감시하고, 자신에게 회초리를 들고 잔소리를 하다 결국 강박증에 시달리는 환자가 되고 만 것이다.

과거의 실패가 자꾸 떠오른다면 그 원인이 자기반성을 위한 것인지 아니면 너는 늘 한심하고 멍청하다는 음성을 내뱉는 떠오름인지 구분해야 한다. 자기반성을 위한 떠오름은 좋은 결심을 강화시킬 수 있지만 자기 정죄를 하기 위해 과거가 떠오른다면 내면의 강한 초자아(비난하는 양심)의 소리를 뺄 필요가 있다. 그리고 그렇게 혼을 내서 무엇을 얻으려 하는지 자문해봐야 한다. 즉 정죄하고 판단하여 무엇을 더 얻고 싶은지를 살펴보라는 것이다. 내가 멍청하다는 것을 확인하고 확인하고 또 확인하는 것? 그렇게 확인해서 무엇을 더 얻으려고?

영화 〈친구 1〉에는 장동건이 친구에게 수차례 칼에 찔리는 장면이 나온다. 그때 사투리를 써가며 한 말. "친구야, 이제 고마 해라. 많이 찔렀다 아이가." 이 말을 과거의 실패를 자꾸 떠올리도록 비난하는 내면의 무언가에게 토씨 하나 빼놓지 않고 읊조릴 필요가 있다. "이제 고마 해라. 많이 찔렀다 아이가."

남들이 서운하다는 당신에게

　'서운하다'는 말을 영어로 표현하면 미안하다(sorry), 후회한다
(regrettable), 만족스럽지 않다(unsatisfied) 등일 것이다. 그러나 서운하
다는 감정을 그런 식으로 표현하면 우리나라에서는 왠지 그 의미가
충분히 드러나지 않는 느낌이 있다. 2% 부족하다고나 할까. 우리나
라 사람들이 쓰는 서운하다는 말 속에는 위의 세 단어 이상의 의미가
담겨 있기 때문이다. 아마 조금은 기대했는데 채워지지 않아서 속이
상하고 상대가 야박하게 여겨지고 안 그렇게 봤는데 이제까지 내가
생각했던 인연이 아닌 것 같아서 실망했다. 이렇게 말하는 것이 서운
하다는 의미에 더 가깝지 않을까 싶다. 정(情)을 중요하게 여긴 우리
나라 문화에서 서운하다는 의미는 결코 단순하지 않다.

　대화 없는 가정을 역기능 가정이라 부른다. 그런 가정에서 제일 조

심해야 할 것이 바로 서운함이다. 대화가 없으므로 으레 그러려니 한다. 한데 그 와중에도 작은 것이라도 기대한 것이 채워지지 않을 때 서로에 대한 서운함의 크기와 간극은 더욱 커진다. 예를 들어 자녀의 생일에 케이크 하나 사 들고 와서 초 꽂고 생일 축하 노래 한번 불러 주는 게 형식적인 의례였는데, 어느 날은 생일 케이크 하나 덜렁 사 온 아버지가 축하한다 한마디 하고 케이크만 건넸다면 그 자녀의 마음에는 서운함이 생길 수 있다. 그리고 아버지 생신에 아들 역시 케이크 하나 건네며 '아버지 생신 축하드린다'는 생일 카드 하나 꽂아 놓고 중요한 약속이 있다고 안 들어온다. 자신을 서운하게 만든 데 대해 일종의 복수를 한 것이다.

이처럼 사소한 것이 우리의 삶을 결정한다. 가족들 사이에 대화가 없는 가정일수록 이런 서운함에 매우 예민하다는 것을 알아야 한다. 또 그런 역기능 가정에서 자란 사람일수록 감정 표현이 수동적이거나 거의 보이지 않지만, 이런 사람들이 아주 작은 일이나 말에 서운함을 느끼는 경우가 대단히 많다. 그래서 관계를 끊지 않아도 되는 상황에서 관계를 끊고, 흔히 잠수를 탄다는 말처럼 연락 두절을 할 필요가 없음에도 연락을 끊고 잠수를 타는 사람도 적지 않다. 말은 안 하지만 사실 이 모든 게 서운함의 결과다. 상대는 이런 경우 황당함을 느낀다.

'아니, 내가 도대체 뭘 어쨌다고. 작은 일 하나 갖고 나를 이렇게 만들다니.'

상대 역시 서운함을 느낀다. 한데 그 서운함은 단순한 서운함이 아니라 상대가 평생을 느껴왔던 서운함이다. 상대방은 그런 식으로 자신이 느꼈던 서운함을 심어주는 것이다.

의도적으로 서운함을 심어주는 사람도 있겠지만, 서운함은 본의 아니게 생기는 것이다. 본의 아니게 서운한 것이고, 본의 아니게 서운하게 만드는 것이다.

살아오면서 알게 된 많은 이들에게 기대가 컸다. 이 사람은 이래서 컸고, 저 사람은 저래서 컸다. 경제적으로 어려울 때 내 주머니 사정을 아는 지인이기에 한 번 정도는 작더라도 도움을 주실 분 같았는데 말만 해놓고 한 번도 도움을 준 적이 없는 사람, 상담실에 찾아와 인사하겠다 해놓고 10년이 지나도 연락이 없는 사람, 한번쯤 먼저 연락을 주길 바랐는데 세월이 지나도 무반응인 사람, 졸업하기 전 많이 아껴준 학생인데 단 한 번도 문자 안부조차 묻지 않는 학생……. 서운함에 마음이 상했던 사람들이다.

하지만 나이 들수록 서운함을 많이 내려놓고 있다. 왜냐하면 사람의 한계를 보았기 때문이다. 우리는 지금 좋을 때 더 좋은 것을 기대하지만 그것이 잘못된 생각이다. 지금 좋을 때 그 '좋음'을 좋음으로 누려야 한다. 그러면 된다. 그걸로 끝이다. 유명한 가수들이 음반을 발매할 때마다 콘서트를 한다. 너무 좋은 곡을 너무 멋지게 부르면 팬들은 다음 음반을 또 기대하는데. 그러나 모든 가수들이 팬들이 열광하는 더 좋은 곡으로 음반을 내는 경우는 흔치 않다. 그것은 쉬운 일이 아니다. 그러니까 지금 좋을 때 그걸 누리면 그만이다.

우리를 화나게 하고 실망하게 만들고 지치게 만드는 것은 결국 우리 스스로 만들어낸 환상이 빚은 주관적 기대치 때문이다. 그러므로 부부 관계든 부모 자녀 관계든 친구 관계든 모든 관계에서 기대치를 조정할 필요가 있다. 사람의 에너지, 사람의 한계를 인식하면 그런 기대치를 가질 필요가 없다. 오히려 그런 기대치를 가져야만 하는 우리 내면의 갈급한 심리적 갈증을 직접 대면하는 것이 더 우선이다.

대개는 그렇다. 그런 갈증은 스스로 채워야 한다. 사람이 자신의 기대를 모두 만족시켜줄 것이라고 기대하지 마라. 시작이 있으면 끝이 있는 인과의 법칙 속에 만족이란 기대치 역시 처음부터 가능하지 않은, 밑 빠진 독에 물을 붓는 모순이므로.

조울증의 은혜

과거 강의를 들을 때 마음속으로 '아~' 하고 깊게 공감했던 내용이 있다.

"사람은 누구나 자기만의 단점이 있는데, 그 단점을 어떻게 하면 이겨낼까에 에너지를 쏟아붓는다. 그러나 오히려 자기만의 장점을 확대하면 그것이 단점을 극복하는 것보다 훨씬 긍정적인 효과를 가져온다."

사람은 누구나 한두 가지 정신적 약점을 갖고 산다. 육체적 약점이야 불치병이 아니면 누구든 노력해서 혹은 수술을 통해 제거할 수 있겠지만 마음의 약점은 그러기가 쉽지 않다. 조울증과, 고치기가 너무 힘들다는 경계선 장애의 경우에는 특히 더 그렇다. 하지만 가만히 생각해보면 그걸 나쁜 것이라고 말할 수만은 없다.

바로크 음악의 거장인 헨델이 조울증으로 고생했다는 말이 있다. 그리고 〈메시아〉도 그가 흥분한 상태에서 거의 잠도 안 자고 지었다는 말이 있다. 모차르트 역시 그런 증세가 있었다고 한다. 조울증은 말 그대로 조증과 울증이 합쳐진 말이다. 기분이 하루는 가라앉고 하루는 들떠 있는 감정의 롤러코스터를 경험하는 증세다. 때문에 양극성 장애(극과 극)라 부르기도 한다.

경계선 장애 역시 유사한 증세가 있다. 그러나 경계선 장애를 가진 이들이 한번 호감이나 사랑을 보이면 거의 퍼펙트하고 환상적인 방식으로 접근해온다. 단지 그 시간이 너무 짧다는 게 문제다.

어떤 정신 질환이든 본인에게는 고통이지만 그것이 주는 유익함도 있다는 말이다. 즉 그들은 광기로 고통당하지만 인류는 그들의 광기 어린 행동 덕분에 놀라움을 맛보고 있는 것이다. 나는 예술가들, 문학가들, 정신분석가들을 공부하면서 많은 이들이 흔히 말하는 정상적인 범위에서 벗어난 사람들이라는 걸 알았다. 단지 그들에겐 누구에게도 없는 창조성과 천재성이 있었다는 것, 그리고 부단히 자신의 상태를 거부하는 고통스러운 현실과 맞서 자신의 재능을 드러내고 인정받아왔다는 사실을 말이다.

나도 내 성격이나 현실에서 싫은 점이 있다. 늘 반복되는 나만의 한계. 그래서 신께 기도드린다. 그걸 좀 없애달라고. 그때마다 성경을 많이 봐서인지 사도 바울이 자기 몸의 가시를 없애달라고 세 번 이상 간구했다는 말씀이 떠오른다. 하나님이 어떻게 응답하셨나? 네 소원대로 될지어다? 아니다.

"내 은혜가 네게 족하다. 나의 은혜가 약한 데서 온전해짐이라."

그야말로 하나님만이 하실 수 있는 말씀이다. 즉 약함이 강함이라는 것이다.

네가 넘고 싶은 한계를 하나님이 다 아시지만 그 정도면 됐다는 것이다. 더 이상 무슨 말을 하겠는가!

인생은 누구 말대로 오래 살고 볼 일이다. 오래 살수록 힘든 일도 많지만 이제까지 살아오면서 보지 못한 인생의 다른 측면을 볼 수 있기 때문이다. 역설이라고나 할까. 우리가 잘 아는 위인들 중에는 동성애자가 많았다고 한다. 그들이 그 시대의 흐름상 동성애를 했는지 외도를 했는지 알 수 없지만 그들 덕분에 인류는 감동할 만한 작품을 얻었다. 괴테, 셰익스피어, 고흐, 피카소…… 이들은 광적으로 사랑의 에너지를 분출한 인물들이었다. 결과만 보고 말한다면 정상적인 삶은 올바를지 몰라도 그것으로 끝이다.

그러나 광기 어린 비정상적 삶은 현실에서는 괴로울지 몰라도 무언가를 세상에 남긴다. 흔적을, 족적을 남긴다. 말 그대로 광기가 사람들 가슴에 인간성의 새로운 면을 보여주게 된 것이다. 그러므로 증상 자체에 얽매여 괴로워할 필요는 없다. 그 증상을 하나님이 만지시면 쓰레기통 속에서도 장미가 핀다. 신을 믿지 않는다면 그 증상을 한 번만이라도 긍정하고 사랑해줄 때 그 증상이 나의 운명을 바꾸는 장점이 될 수 있다.

해가 바뀔 때마다 그런 기대감을 갖고 한 해를 시작한다. 나의 광기가 사람들에게 큰 기운이 되어준다면 미치지 않을 이유가 없다. 미

쳐서 사나 그냥 사나 세월은 똑같이 흐른다. 삶은 에너지다. 그 에너
지를 활활 태운 다음 세상을 털고 떠날 수 있다면 그게 정말 멋진 삶
이 아닌가!

때로는 마음도 체한다

왜 남자는 공감하지 못할까?

수십 년 동안 상담학과 인간의 심층 심리를 공부하면서 어느 날은 공감의 중요성에 대해 마스터했다고 착각한 적도 있지만 시간이 흐를수록 그게 아니었음을 절감한다. 예를 들어보자. 아내가 이렇게 말한다.

"아, 머리 아파. 왜 이렇게 아픈 거지?"

그럼 나를 포함한 거의 모든 남편들은 이렇게 말한다.

"그래? 빨리 약 먹어!"

이 짧은 대화 사이에는 얼핏 보기에 아무런 문제가 없어 보이지만 사실은 엄청난 괴리감이 감돌고 있다. 아내는 머리가 아프다고 말한다. 그것은 약을 먹을 줄 몰라서 그렇게 말하는 것이 아니라 지금 내 머리가 아픈데 그 아픔을 같이 나누고 싶다는 의미다. 즉 아내는 남편이 이렇게 말해주길 기대한 것이다.

"아, 당신이 머리가 아프구나. 많이 힘들겠네."

그런데 남자들 대부분은 이런 말을 못하거나 하질 않는다. 혹시라도 "난 그렇게 하는데⋯⋯"라고 말하는 분들이 있다면, 그것도 훈련이나 학습이 아니라 이런 말이 저절로 나오는 분들이 있다면 나는 그분에게 존경의 마음을 표하고 싶다. 아울러 연구 대상이라는 점도 기억하시길⋯⋯.

남자들은 그런 상황에서 약을 사다 주거나 약을 먹으라고 한다. 즉 '해결'을 통해 문제를 처리하려 한다. 남자들은 대부분 문제가 발생하면 즉시 문제 제거 혹은 해결만을 생각한다. 그 문제에 대해 "아, 당신이 ~하구나" 이렇게 말하는 것은 시간 낭비이며 쓸데없는 짓이라고 생각한다.

얼마 전 핸드릭슨이라는 분이 쓴 책을 읽다가 왜 남녀의 대화가 불통인지 그 이유를 어렴풋이 알게 된 계기가 있었다. 그에 의하면, 남녀가 진화 과정에서 뇌의 발달적 차이를 보인다는 것이다. 쉽게 말해 남자는 구뇌가 발달해 있고, 여자는 신뇌 즉 신피질이 남자보다 더 발달해 있다는 것이다. 구뇌의 가장 중요한 특징은 안정감과 생존과 생식을 위하는 기능이다. 즉 원시시대 남자들의 본성 안에는 어떻게든 살아남아 자기 종족을 번식시키는 일을 제일의 과제로 생각했는데, 세월이 지났어도 그 흔적이 남자들의 뇌에 고스란히 남아 있다는 말이다. 그래서 여자보다 남자가 더 경계심이 많다고 한다. 예를 들어 여학생들만 있는 교실에 낯선 남자가 문을 열고 들어오면 여자들

때로는 마음도 체한다

은 순간 당황하면서도 '누구지?' 하며 호기심을 드러낸다. 그런데 남학생들만 있는 교실에 낯선 사람이 문을 열고 들어오면 남자들은 순간 경계심을 품고 방어적인 눈빛으로 '누구지?'라고 반응한다. 즉 남자는 낯선 대상을 새로운 존재가 아니라 자기 경계 내의 기존 질서나 안정을 해치는 자가 아닐까 하는 의혹의 눈빛으로 바라본다는 것이다. 그리고 자기 영역을 침범당했다고 생각한다. 때문에 남자의 직업 중에는 이러한 경계를 지키려는 법이나 경찰, 군인, 운동선수, 공무원 등이 많다. 이에 반해 여자들은 낯선 대상을 호기심 어린 눈으로 바라보며 그 대상의 출현이 자신과의 관계에 어떤 변수로 작용할까를 생각한다는 것이다.

그러므로 남자들은 위기 상황이나 문제가 발생하면 즉시 비상사태 반응이 생기면서 경계 태세를 보이는 동시에 문제와 투쟁할 수 있도록 몸과 마음이 본능적으로 바뀐다. 때문에 여자들 혹은 아내가 무슨 이야기를 하면 남자들은 즉시 그것을 '해결하려는' 단 한 가지 대안 외에는 다른 것을 생각할 '여유'가 없다는 것이다.

따라서 공감하지 못하는 것은 당연한 일이다. 공감하는 순간, 즉시 그 문제를 해결해주어야 한다는 압박감이 공감보다 앞서기 때문이다. 그런데 이런 남자의 심리를 알 리 없는 여자는 남자의 말에 서운함을 느낄 뿐이다.

비슷한 예를 하나 더 들어보자. 순이와 철이는 연인이다. 두 사람이 저녁 시간 굶주린 배를 움켜쥐고 만두집 앞을 지나가는데 주인아줌마가 김이 모락모락 피어오르는 찜통 뚜껑을 확 연다. 순간, 여자

가 환호하며 말한다.

"와! 철이 씨 만두가 너무 맛있겠다, 그렇죠?"

그러자 철이가 인상을 쓰며 말한다.

"응, 맛있어 보이는데 나 지금 돈 없어!"

"아니, 누가 사달래? 그냥 만두가 맛있어 보인다고 말한 거잖아!"

철이가 짜증을 낸다.

"지금 만두 살 돈이 없다니까!"

"아니, 누가 사달랬냐고? 그냥 만두가 맛있어 보인다고! 말귀를 못 알아듣네!"

대충 감 잡았는가? 이게 남자다.

"와! 철이 씨 만두가 너무 맛있겠다, 그렇죠?" 하는 말에 "그래, 순이야. 만두가 맛있어 보이나 보구나. 나도 맛있게 보인다야~" 이렇게 말하면 여자는 만두를 안 먹어도 배부를 것이다. 그런데 나를 포함한 남자들은 그렇게 말 못한다. 맛있어 보인다는 말만 하고 안 사주면 아주 무책임하고 무능력한 놈이라고 '생각'한다

얼마 전 기차를 타고 오는데 앞자리에 앉은 아저씨가 졸다가 갑자기 걸려온 전화에 막 화내는 모습을 보았다. 아내 되는 분이 뭐라 뭐라 하니까 "아, 그래서 어쩌라고? 엉? 아니, 나 기차 안이야, 기차! 아, 정말! 이따 가서 이야기하자고 좀 엉? 아이, 정말 몰라. 끊어!" 하고 신경질을 내면서 휴대전화 배터리까지 빼버렸다. 아저씨는 그러고 나서 인상을 쓰며 한숨을 내쉬었다. 내가 있는 뒷자리까지 한숨 소리가 들렸다. 틀림없이 아내가 뭐라 뭐라 한 것은 맞는데, 이 아저

씨 그 뭐라 뭐라 하는 아내에게 "아, 그랬어? 응 그랬구나. 그래, 그래. 그래~ 응 그래. 오, 그래, 알았어. 응 그래~" 이렇게만 해주었어도 조금 전처럼 험한 말은 주고받지 않았을 텐데. 아저씨 말대로 나중에 무슨 말을 해줄지는 모르지만 그때도 말이 안 통할 것은 불 보듯 뻔했다.

남자들은 일반적으로 이야기를 하거나 들을 때 공간적으로 상상하면서 상황을 예의 주시한다. 마치 전쟁을 치르는 장군처럼 지형도를 그리고 군사를 살피며 바람과 물의 흐름도 파악한다. 그런데 여자들은 관계적으로 말한다. 관계 속에서, 대화 속에서 공감되는 것을 주제로 말을 주고받는다. 남자인 나도 그렇게 대화하고 싶다. 그런 능력을 타고난 여자가 부럽다.

이렇듯 '지독하게', 아주 지독하게 다른 남녀의 차이는 학습하지 않으면 '저 사람은 말이 안 통하는 인간'이라는 한계적 오해를 만들어놓고 만다. 상담에서도 이런 경험을 자주 한다. 여자 내담자들이 오면 가능한 한 공감적으로 접근하려고 노력하지만, 그건 노력일 뿐 쉽지 않을 때가 많다. 내 눈에는 그녀의 문제가 어떻게 고치면 될지 뻔히 보이는데, 여자 내담자들은 계속 감정의 소용돌이 속에서 그 문제 주위를 맴돌기만 하는 것처럼 보일 때 답답한 역전이가 슬금슬금 올라온다.

누군가의 말에 공감한다는 것은 그 사람의 존재 됨에 머물러주는 가장 원초적 관계의 기본 행위다. 남자들은 매사를 죽고 사는 문제, 생사의 문제로 바라보는 경향이 심하다. 그로 인해 여유 있고 예술적

이고 낭만적이며 관계적인 여성들을 얼마나 많이 무시하며 기본이
안 되어 있다고 싸잡아 비난했는가.

　이런 일방성에서 해방되려면 우선 자기 자신이 얼마나 자기애적인
존재이고, 자기 내면세계가 만든 환상의 가해자이고 피해자인지 살
필 필요가 있다. 누군가의 말에 진정으로 공감한다는 것은 그 자체로
헌신적 행위다. 그래서 공감하면 손해를 많이 보기도 한다. 대신 관
계를 얻고 만남을 얻는다. 다 잃은 것 같지만 다 가진 자가 된다. 그
게 바로 공감의 역설이다.

잘 살고 싶은 여자, 그냥 살고 싶은 남자

일반적으로 남자가 일 지향적이라면 여자는 관계 지향적이다. 남자들은 아무리 친한 친구가 전화를 해도 "잘 지내고 있지? 무슨 일이야?" 하고 묻지만 여자들은 무슨 일로 전화했느냐고 묻지 않는다. 그런 말을 할 사이라면 전화조차 하지 않기 때문이다. 남자들에겐 일이 중요하다. 남자의 정자를 보라. 꼬불꼬불 올챙이 같은 것들이 수도 없이 방정맞게 왔다 갔다 하지 않는가.

그러다 보니 남녀의 차이 때문에 서로 오해하는 부분이 많이 생긴다. 잉에 슈테판의 《남과 여에 관한 우울하고 슬픈 결론》을 읽으면서 놀란 부분이 있다. 우리가 악녀라고 부르는 소크라테스의 부인이나 톨스토이의 부인이 사실은 본래부터 악녀가 아니었다는 것이다. 그들 역시 관계 지향적인 여자였다. 다만 남자를 잘못 만났다는(?) 것이다. 하긴 맨날 아테네 젊은이들을 만나 "너 자신을 알라"고 가르친 소크라테스. 변변한 벌이조차 없던 그에게 그의 아내가 뭐라고 했을까? "야! 이 인간아! 너 자신이나 알아!" 충분히 그럴 법하지 않은가.

소크라테스는 현자 중의 현자지만 그의 아내에게까지 현자는 못 된다는 얘기다. 여자들은 재능 있고 현명하며 사회적으로 멋진 남자라는 소리를 듣는 남편이 가정에서도 그런 사람이 되어주길 바라는 순진한 마음을 갖고 있다. 즉 그 남자와 '잘 살고' 싶은 것이다.

하지만 남자들은 '그냥 살고 싶다'는 게 문제다. 정신분석의 창시자 프로이트도 아내를 무척 사랑했지만 말년에는 아내의 동생이자 처제인 민나 베르나이스에게 반해 스위스에 강연하러 갔을 때 한방에 투숙할 정도로 빠져 있었다고 한다. 분석심리학의 창시자 카를 융도 아내 에마 융에게 수없이 상처를 주었다.

그의 주변에는 공식적으로만(?) 두셋의 애인이 있었다고 한다. 남자들은 흔히 하는 말로 '꼴리는' 대로 살려고 할 뿐 '잘 살려고' 하지 않는다. 일반적인 남자들은 꼴리는 대로 사는 게 잘 사는 것이라고 생각한다. 물론 모든 남자가 그렇다는 말은 아니다. 그건 경향성이다.

뇌가 다르고 사회적 역할이 다르고 해부학적으로도 서로 다른 남녀가 긴 세월을 함께 산다는 건 쉬운 일이 아니다. 존 그레이는 인간이 달나라를 수도 없이 왔다 갔다 하는 이 세상에 아직도 드러나지 않은 미스터리는 남녀의 심리가 왜 그리 다른지 파악할 수 없다는 것이라고 했다.

그러고 보면 남자는 다 큰 어린아이라 말하고 싶다. 그래서 20세기 최대의 신학자인 카를 바르트의 여비서였던 샤로테 폰 키르슈바움은 이런 말을 했다. "아담의 갈비뼈와 여자는 무관하다." 성경에 따르면, 여자의 시작은 남자의 갈비뼈에서부터다. 그래서 최초의 여자 하와는 아담이 외출하고 돌아와 잠을 잘 때 몰래 그의 갈비뼈를 세는 게 일이었다고 한다. 혹시 신께서 그사이 다른 여자를 지으신 건 아닌가 하고. 또 키르슈바움은 이렇게 말한다. "남자는 남자고 여자는 여자다. 여자가 남자에게 종속되어선 안 된다." 이 말은 존재의 근원인 갈비뼈를 부정하는 말이지만 여성의 독립성을 강조하는 구절이기도 하다.

다시 말하지만 여자는 '잘 살고 싶어' 하고, 남자는 '그냥 꼴리는 대로 살고 싶어' 한다. 어쨌든 살긴 살아야 한다. 그러기 위해서 필요한 것이 협상이다. 협상은 서로의 존재와 의견을 존중해야 가능한 행위다. 오래 연애하고 살았으니 저 사람은 내 마음 알겠지 하는 생각은 버려야 한다. 나도 내 마음을 모를 때가 많은데 왜 그 사람이 자신의 마음을 알아주길 기대하는가? 어불성설이다. 따라서 이야기해야 한다. 이야기하는 만큼 알기 때문이다.

내담자들과 대화할 때는 원래 말없이 잘 들어주는 것이 정신분석 상담의 원칙이지만 난 조금 다르게 묻는 편이다. 꼬치꼬치 계속 묻는다. "제가요, 아버지가요, 어릴 적에 돌아가셨거든요" 하면 "아, 어린 시절을 무척 힘들게 보내셨을 것 같아요" 하고 나서 "어떻게 돌아가셨나요? 병으로요 아니면 사고로요? 그게 몇 살 때 일이죠?" 그렇게 다시 묻는다. 그래야 안다. 아무 말도 하지 않고 당신은 상담자니 알아서 해석해라 하고 내맡기는 사람은 상담 자체가 안 된다. 이야기해야 한다.

상담이든 결혼 생활이든, 잘 살고 싶든 아니면 그냥 살고 싶든 어쨌거나 말을 해야 한다. 입은 그냥 달려 있는 게 아니다.

만질 수 있으니까 가족이다

대학 때 심리학 개론을 공부한 적이 있다. 고등학교 다닐 때는 이름도 들어보지 못한 심리학 개론. 왠지 이름만 들어도 가슴이 설레었다. 그런데 너무 재미가 없었다. 고등학교 시절 수학을 못해 숫자와 그래프가 보기 싫었는데, 심리학 개론서에 너무 많은 그래프와 도표와 숫자들이 있어 크게 실망했다.

그럼에도 심리학 개론에 흥미를 잃지 않았던 것은 1950년대에 미국에서 활동한 해리 할로 박사의 원숭이 실험을 공부했을 때다. 할로 박사는 낳자마자 어미로부터 떼어낸 새끼 원숭이에게 어미를 선택하게 만드는 실험을 했다. 박스 안에 새끼 원숭이가 흥미롭게 여길 만한 가짜 인형 둘을 만든 것이다. 왼쪽에는 철사로 만든 인형을 두었는데 얼굴 모형에 돌출된 입이 달려 있어 새끼 원숭이가 빨면 우유가 흘러나오게 되어 있다. 반면 오른쪽에는 우유가 나오지 않고 오직 벨벳 담요만 두른 인형을 만들어놓았다. 새끼 원숭이를 두 인형이 있는 박스에 집어넣었을 때 처음에는 철사 인형에게 붙어 우유를 빨더니 (3~5초) 약간 맛을 본 다음에는 곧장 벨벳 헝겊 인형에게 다가가 16시간 이상 그 인형을 꼭 끌어안고 있는 실험 영상을 세상에 공개한 것이다.

이 실험을 통해 유아에게 가장 근본적인 욕구는 구강 욕구가 아니라 접촉 욕구라는 것을 만천하에 알린 것이다. 할로는 이후의 연구를 통해 유아에게 접촉 욕구와 더불어 시선의 욕구가 있음을 증명했다. 즉 건강한 유아기(건강한 유아기는 삶에서 기초공사의 시기와 같다)는 구강 욕구(절박한 허기가 없어야 한다)와 접촉 욕구(접촉은 생존의 욕구를 채워준다)와 시선의 욕구(엄마의 눈빛을 통해 자기 존재를 확인받는다)가 가장 중요한 욕구라는 사실을 밝혀낸 것이다. 만약 이 세 가지 중 하나만 빠져도 유아는 생물학적, 정서적 생존에 치명적인 상처가 될 수 있다는 것이다.

이 세 가지 욕구가 만족되지 않으면 그 사람은 몸이 병들고, 마음과 영혼도 병이 든다. 그런데 엄마들은 그런 것을 크게 신경 쓰지 않아도 아이가 잘 클 것이라 생각한다.

상담을 해보면 두 가지 상이한 경우를 만나는데 한 부류는 엄마 스스로 친정어머니를 통해 위에서 말한 세 가지 기본 욕구를 너무 잘 받아오신 분이라 자녀에게도 그 세 가지 욕구를 자연스럽게 준 경우고, 또 다른 부류는 엄마 스스로 어린 시절 친정어머니에게서 이런 세 가지 욕구를 받아본 적이 없거나 셋 중 한두 가지 욕구를 무시당하며 살아온 경우다. 후자의 경우에는 자기가 받지 못한 부분을 자녀에게도 주지 못한다. 사람은 누구나 받은 걸 주게 되어 있다. 받지 못한 것을 어떻게 줄 수 있겠는가?

여기서 슬픈 일들이 벌어지기 시작한다. 그건 사실 슬픔이라기보다 비극에 가깝다. 수유와 접촉의 욕구는 그런대로 만족한 아이가 있다고 하자. 이 아이가 자라 결혼을 했다.

그게 남자아이일 수도, 여자아이일 수도 있다. 그리고 배우자와 만나 사랑을 하고 섹스도 한다. 그런데 시간이 지나면서 몸에 밴 애착 시스템이 일상을 지배하기 시작한다. 어느 날 대판 부부 싸움을 하고 난 후부터 한쪽 배우자가 상대 배우자에 대해 접촉하는 일을 중단하기 시작했다. 그리고 밥은 주면서, 밖에 있다가 들어오면 눈을 보고 인사는 한다. 그러나 만지지는 않는다. 그래도 아무 문제가 없다고 느낀다. 평생을 그렇게 살아왔기 때문이다.

문제는 상대 배우자다. 그 배우자는 세 가지 욕구가 그런대로 채워진 채 성장했다. 문제는 접촉이었다. 그/그녀가 배우자를 사랑하는 이유는 자기를 만져줘서였다. 그런데 어느 날부터 그런 접촉이 사라지기 시작했다. 참다못한 남편이 누워 있는 아내에게 손을 내밀자 아내가 매정하게 등을 돌리며 말한다. "손 치워요. 가족끼리 이러는 거 아니에요." 여기서 아주 중요한 문제가 생겨난다.

왜 가족일까? 왜 가족인가? 만약 지하철에 서 있는데 눈앞에 아리따운 아가씨가 있어 "아, 참 예~쁘다~" 하면서 그 아가씨의 머리나 볼을 만졌다 하자.

때로는 마음도 체한다

어찌 될까? 곧장 성추행범으로 낙인찍힌다. 다시 묻자. 왜 가족인가? 왜 가족일까?

만질 수 있으니까. 그러니까 가족이다. 그런데 만지지 않는다. 서로 접촉이 없다. 접촉 없이 자라온 아이들은 그저 밥만 주고 시선으로 서로를 보기만 해도 가족이라고 생각한다.

하지만 접촉하고 살아온 사람들에게 그런 현실은 고문과 같다. 문제는 접촉 없이 자라온 사람들은 접촉하고 살아온 사람들이 어떤 고통을 느끼는지 전혀 눈치채지 못한다는 데 있다. '왜 저러는 거지? 먹을 거 줬는데…….' 먹을 것을 주었기 때문에 가족일까? 먹을 건 돈만 내면 식당에서 다 준다. 그러나 접촉은 다르다. 상담을 하다 보면 많은 이야기를 듣는데 그중 기억나는 이야기가 있다. 성관계를 하고 화대를 챙기는 오피스텔 걸이 친구에게 해준 이야기란다. 자기를 찾아오는 남자들은 처음에는 성적 쾌감이나 욕망을 풀기 위해 온다고 한다. 그런데 이상하게도 볼일(?)을 보고 나면 많은 남자들(나이를 떠나)이 안아달라고 한다는 것이다. 처음에는 뭐 이런 변태 같은 놈이 있나 싶었는데, 시간이 지나고 보니 그 남자들이 하나같이 애정 결핍과 접촉 결핍에 걸려 있는 것 같다는 내용이었다.

남녀가 만나 사랑을 하고 섹스를 한다. 그런데 섹스의 핵심은 무엇일까? 프로이트의 말처럼 쾌감(pleasure)일까? 그러나 프로이트 사후에 로널드 페어베언과 존 볼비라는 심리학자들이 프로이트의 이론에 제동을 걸었다. 즉 쾌감은 2차적 부산물이라는 것이다. 1차적 욕구는 친밀감을 만족시키는 것으로, 이를 가능케 하는 행동이 접촉이라

때로는 마음도 체한다

고 했다. 사랑은 쾌감으로 이루어진 것이 아니라 친밀함으로 이루어 졌다는 것이다. 페어베언은 사람이 쾌락이나 쾌감을 추구하는 존재 가 아니라 관계와 정서, 친밀감을 추구하는 존재라고 하면서 프로이 트의 이론에 정면으로 반박했다. 다시 말한다. 가족의 정의는? 만질 수 있으니까 가족이다. 그런데 만지질 않는다.

중요한 것은, 접촉은 인간이 갖고 있는 친밀감의 욕구를 증진시키 지만 접촉이 사라졌을 때 그 대상은 존재하지만 존재하지 않는 대상 이 된다는 데 있다. 만져야 실제가 되는 것이다. 부부라도 서로 사랑한 다고 하면서, 만지지 않는 부부는 서로에게 존재감이 없다는 것이다.

우리 시대에 이혼이 늘고 있는데 나는 그 원인 중 하나가 접촉 부 재라 말하고 싶다. 서로 맞벌이하고 서로 바쁘다 보니 존재하지만 존 재감이 없는 것이다. 거기다 남녀의 차이로 인해 남자는 성적인 동기 가 아니면 여자를 만지지 않으려 하고 여자는 그런 성적인 동기가 싫 어서 남자와의 접촉을 꺼린다. 그러나 꾸준히 서로 만지고 접촉하는 것은 섹스에서 발생하는 쾌감의 느낌을 분산시키는 효과를 가져온 다. 그렇게 되면 24시간 오르가슴을 느낄 수는 없어도 24시간 편안 한 기분은 누릴 수 있다.

마음이 불행한 사람들을 가만히 보라. 아무도 만져주지 않는다. 의 미 있는 손길, 의미 있는 포옹을 느낄 수 없는 사람들이다. 아기만 그 런 수유, 접촉, 눈빛이 필요한 것이 아니다. 당신도 그렇다. 가정을 이루어 서로 잘 먹고 서로 바라보며 이야기를 나누고 서로 만져주고 접촉할 수 있다면 왜 외도를 하고, 왜 이혼을 하고, 왜 가정이 깨지겠는가? 이 세 가지를 잘하는데 이혼을 하고 불행하다는 사람은 내 평생 본 적이 없다.

인간은 포유류다. 해리 할로는 포유류의 핵심 욕구를 '접촉의 욕구'라고 했다. 접촉하는 순간 우리 뇌는 무언가 반응한다. 피부는 제2의 뇌라고 하지 않던가! 접촉 없이 살아가는 것은 그저 생존을 위해 살아가는 것일 뿐, 풍성한 삶이고 행복한 가정이고 부부나 연인이라 말할 수 없다. 나는 영화를 볼 때 늘 접촉이 잦은 외국(미국이나 유럽)이 부러웠다. 만나면 하는 인사가 악수나 포옹이다. 우리는 남녀가 만나면 함부로 악수조차 하기 어려울 때가 많다. 그래서 다들 속으로만 생각이 많아진다. 만져야 현실이 된다. 만져야 실제가 된다. 만져야 살아 있음을 확인받고, 가족이라는 것을 체험한다. 포옹이나 접촉은 인간의 인간성을 보존하는 마지막 보루다. 이것 없이는 행복도 없다. 사회와 가정에서 우리의 관계가 왜 서먹한지, 왜 불행한지, 왜 이렇게 우울증이 늘어나는지……. 나는 그 이유를 접촉 부재에서 찾고 싶다.

때로는 마음도 체한다

가장 외로운 위로

몇 년 전 12월 24일에 방영했던 것으로 기억하는데, 가톨릭 신학생들의 기숙사를 방영한 적이 있었다. 여자들은 절대 들어갈 수 없는 기숙사 문이 열리면서 신학생들의 하루 24시가 어떻게 돌아가는지를 공개한 것이다. 그런데 한 기자가 젊고 잘생긴 예비 신부 후보에게 짓궂은 질문을 던졌다.

"남자로서…… 가장 힘들 때는 어떻게 하세요?"

그 말에 수줍은 듯 신학생이 웃으며 말했다.

"아, 이거 되게 곤란한 질문인데…… (웃음) 그런데 그걸 굳이 말해야 아나요?"

사실 물어볼 필요도 없는 질문이었다. 아무리 신에게 바친 몸이라지만 몸의 생리적 메커니즘까지 모두 통제할 순 없는 법 아닌가!

자위란 말 그대로 스스로(自)를 위로(慰)한다는 의미다. 한자의 의미 역시 그 뜻이 깊다. 에이즈가 창궐하는 시대에 가장 안전한 섹스로 평가받는 자위행위. 나 역시 이 문제로 너무 많은 고통을 겪으며 살아왔다. 중1 때 처음 자위를 경험했을 때 내 몸에서 하얀 무언가가 나오는 게 너무 신기했다. 처음에는 왜 가래가 밑에서 나가지? (ㅎㅎ⋯⋯) 그런 적도 있다. 욕망은 금기에서 온다는 말처럼 나는 내 몸이 무척 흥미로운 대상이었으나, 자위가 죄라는 말을 어디선가 듣고 절대 하지 않으리라 기도하고 때려보기도 하고 그걸 붙잡고 기도해보기도 하고(여러분들의 웃음소리가 여기까지 들리는 듯하다), 별짓 다 해보았다. 그렇게 중·고등학교 시절을 보냈다. 그 당시에는 성교육 자체가 아예 없던 시절이었다. 그리고 신학대학에 입학하여 기독교 성 관련 책을 모두 탐독해보았는데, 죄다 그런 결론들로 가득했다.

뭔가 이건 아닌 듯싶었다. 그러다 학교 도서관에서 성 의학 전문 도서를 보기 시작했다. 의학적 관점에서 조명한 성 의학 도서에는 죄라는 말을 찾아볼 수 없었고, 자위가 어떻게 생기는지에 대한 인과관계를 과학적·생리적·의학적으로 따지고 있었다. 그 내용을 본 이후에 비로소 막연한 죄의식에서 벗어날 수 있었다.

성경에서 '자위=죄?' 이렇게 말한 대목은 없었다. 다만 구약성경에서 '오난'이란 사람이 문제였다. 오난의 형은 결혼을 했는데 병으로 죽고 말았다. 그 당시 히브리인들의 풍습에 따르면, 그럴 경우 형수를 취해 자식을 낳아줄 의무가 있었다. 오난은 형수와 잠자리를 하다가 마지막 순간에 형수의 자궁이 아닌 질외 사정을 하게 되는데,

하나님이 이를 보시고 그를 죽이셨다는 기록이 있다. 그런데 많은 기독교인들이 이 대목을 문자 그대로 "자위는 하나님이 죽이실 만큼 큰 죄다"라고 해석한 것이다.

나중에 성경을 좀 더 공부하면서 그게 아니라는 것을 배웠다. 하나님은 자위를 한 오난을 죽인 것이 아니라 오난의 마음가짐이 악해서 그를 심판하신 것이다. 당시에는 형수가 임신하여 아들을 낳으면 형의 재산이 상당 부분 형수와 그 아들에게 갈 것을 계산한 것이다. 그게 싫어서, 즉 재물에 대한 욕심 때문에 극적인 순간에 질외 사정을 했던 것이다. 하나님은 그런 오난의 악한 마음을 보시고 분노하여 그를 치신 것이다. 이런 배경 설명 없이 그저 자위하면 무조건 하나님이 벌을 주신다고 해석한 책들을 사춘기 내내 봐왔던 것이다. 무식하면 용감하다고, 이런 앞뒤 없이 무지한 책들 때문에 나의 사춘기 성의식은 온통 욕망과 수치심, 죄의식으로 가득한 시절을 보낸 것 같다.

나는 자위를 찬양하려고(?) 이 글을 쓰는 것이 아니다. 하지만 자위를 죄악시하는 기독교적 분위기는 분명 개선될 필요가 있다. 우리의 욕구나 욕망은 가득 채워져 질리기 전까지 그 갈망이 끝없기 때문이다. 내가 운영하는 사이버 상담실에 한 여자분이 자위에 대한 고민을 물어왔다. 그 글을 보면서 세 가지가 안타까웠다.

첫째, 일반적으로 많은 젊은이들(20~30대)이 결혼하고 싶어 하는데 돈이 없다는 것이다. 그나마 차를 가진 사람들은 차 안에서 서로의 사랑을 확인하겠지만, 차조차 없는 사람들은 서로를 만져보고 싶어도 그럴 만한 장소가 없다는 것.

둘째, 기독교를 믿는 청년들은 혼전 순결에 세뇌되어 혼전 순결을 지켜야 한다는 의무감, 압박감이 심하다는 것이다. 심지어 자신의 성적 동정(童貞)을 하나님을 믿는 믿음과 결부시켜 어떤 청년들은 혼전 순결에 대해 거의 강박적인 집착을 보이기도 한다. 나는 그것도 안타깝다. 그런 가치관이 본인이 성숙해서 자기 인생의 주체가 되었을 때 스스로 내린 결심이고 신념이라면 할 말이 없지만 어릴 때부터 교회에서 그렇다고 하니까 그걸 지키는 일이 올바른 신앙생활인 양 생각한다는 건, 분명히 말하지만 그건 신앙이 아니라 오래되고 자연스럽게 박혀온 세뇌일 수 있다는 것이다.

셋째, 이성을 만나 사랑을 하고 싶은데 외모도 스펙도 돈도 집안도…… 뭐 하나 내세울 게 없는 평범한 청년들이 있다는 것. 그들은 늘 수동적이고 늘 눈치 보며 자기 존재의 수치를 안고 살아갈 뿐, 이성을 만날 기회도, 배짱도, 용기도, 환경도 안 된다는 것. 정말 안타깝다.

종교에서는 언제나 성의 절제를 말한다. 나 역시 동의한다. 그러나 성의 절제만큼 강조되어야 할 것이 올바른 의학적 성 이해다. 그런 지식이 없어서 신이 주신 선물 — 나는 자위를 그렇게 표현한다 — 을 악마의 선물로 여기며 괴로워하는 사람들, 만약 자위에 집착하는 사람이 있다면 정신분석가 페어베언의 말처럼 그건 성이 아니라 관계의 욕구, 정서적 욕구, 친밀함의 욕구에 굶주린 것이다.

다만 자위가 힘든 것은 자위 이후, 즉 오르가슴 이후에 느끼는 공

때로는 마음도 체한다

허감 때문이다. 섹스와 자위의 다른 점은 남녀가 서로 오르가슴을 느낀 이후에 서로의 몸을 손으로 몸으로 만져준다는 것. 그 만져주는 행위에서 몸은 허전함의 공허를 메울 수 있다는 것이다. 만져주지 않고 키운 아이는 거기 '존재'하지만 '존재감'은 없다. 존재감은 만져주어야 생기는 것이다.

사람은 포유류다. 포유류는 온도를 따라가는 종(種)이다. 36.5도의 온도, 따뜻함 말이다. 체온도 마음도 존재도 영혼도……. 많은 이들이 갈망하는 것이 따스한 온도다. 그 온도를 강렬하게 체험해보고 싶은 게 섹스고, 섹스가 어려울 때 신이 주신 대안이 바로 자위다.

때로는 마음도 체한다

체념이냐 수용이냐

거의 평생을 고민하며 연구해왔지만 답이 안 나오는 영역이 바로 마음이다. 많은 사람들이 마음 하면 곧 뇌를 연상한다. 그러나 단백질과 지방, 물로 구성된 뇌로만 마음을 다 이해할 수 있을까? 마음은 저 넓디넓은 우주를 담을 만큼 넓고, 때로는 바늘 하나 들어가지 못할 정도로 여유가 없다. 자기 마음에 드는 물건 하나 살 때에는 수천만 원, 수억 원도 아까워하지 않으면서 어렵고 힘든 사람에게 돈 1000원 건네는 일은 몇 초간 생각하며 계산을 하는 것이 사람의 마음이 아닌가!

문득 그런 마음이 스쳤다. 왜 사람들은 마음이 행복하지 못하고 지옥을 살아갈까? 순간 '부모와의 불화'라는 단어가 스쳤다. 부모는 자식의 마음을 만드는 사람이다. 찰흙을 예로 들어보자. 찰흙을 만드는 사람이 있다. 그 사람이 찰흙을 가지고 하트 형태를 만들어야 하는데 귀찮다는 이유로 자기 손에 있는 찰흙을 아무렇게나 구겨버리듯 만들었다고 하자. 그리고 이렇게 만들어진 찰흙은 시간이 흐르면서 구겨진 모양으로 굳어버리고 만다. 우리의 마음도 이와 같다. 하트 모양을 원했는데 구겨진 모습이 되었다면 얼마나 괴롭겠는가! 또 자신을 그렇게 만든 부모를 얼마나 원망하겠는가.

그런데 왜 부모는 찰흙 모양을 저렇게 만들어야 했을까. 그 부모의 마음이 구겨진 찰흙 모양과 크게 다르지 않았기 때문이다. 사람은 누구나 자신이 받은 걸 주게 되어 있다. 받지 않은 걸 줄 순 없는 법이다. 사랑받으며 자란 자녀는 커서 부모가 되었을 때 자식에게 자연스레 사랑을 줄 줄 안다. 사랑보다 엄한 소리를 듣고 자란 자녀는 커서 부모가 된 후에 자녀를 엄하게 다뤄야 한다는 신념을 갖는다. 때문에 그 자녀는 필요 이상의 훈육을 듣고 자라야 할 운명이 된다.

나는 평생 어떤 갈망 같은 것을 안고 살아왔다. 그 갈망은 프로이트에 의하면 쾌락을 지향하는 성적 갈망이었고, 라캉에 의하면 주이상스(Jouissance)라는 무지개를 잡고 싶은 욕망이었으며, 빅터 프랭클에 의하면 의미를 추구하고자 하는 욕망이었고, 아들러에 의하면 내 평생의 열등감을 보상받고자 하는 욕망이었다. 무엇이라 말해도 좋다. 어쨌든 나의 마음에는 깊은 갈망이 있었다. 이 깊은 갈망은 분명 어린 시절부터 충분히 채워지지 않은 어떤 요소로 인해 생겨난 것이리라.

크고 작은 차이만 있을 뿐, 그런 갈망 자체가 아예 없는 사람은 존

때로는 마음도 체한다

재하지 않는다. 그러므로 어린 시절이 행복했던 사람이건 그렇지 않았던 사람이건 갈망 자체는 사라지지 않는다. 따라서 우리가 가장 추구해야 할 갈망은 무엇보다 온전함에 대한 갈망이어야 한다.

세상에 종교가 많은데, 종교가 지향하는 신이나 대상은 사람보다 더 온전한 존재임이 분명하다. 완벽함이 아니라 온전함이다. 찌그러진 모양을 한 찰흙이 있다면 하트 모양의 찰흙을 보며 열등감을 떨쳐버리지 못하겠지만(자기를 그렇게 만든 부모나 환경이나 운명이나 신을 탓하겠지만) 어느 순간에 '아니다, 이것도 감사하구나. 찰흙이면 됐지. 하트 모양이든 구겨진 모양이든…… 본질은 흙이 아니던가' 하고 자각하면 모든 만물이 다 새롭게 보이는 것이다. 운명은 결국 운명을 해석하는 자의 마음에 달려 있다고 한다.

어릴 때 《어깨동무》라는 어린이 잡지가 있었다. 그 잡지에 실린, 지금도 잊지 못할 이야기 하나가 기억난다. 이름은 잊었다. 한 젊은 왕이 이웃 나라를 침공하기 위해 군사를 이끌고 강과 바다를 건너 해변에 도착했는데 그만 진흙에 발이 빠져 엎어지고 말았다. 전쟁을 곧 치러야 할 순간에 병사들은 왕이 넘어진 모습을 보고 당황하며 불길한 징조라고 수군거렸다. 그러자 이를 눈치챈 왕이 큰 소리로 말했다고 한다.

"병사들이여, 보라. 신께서 나로 하여금 이 땅을 우리 모두에게 주시겠다고 약속하셨다. 신께서 나를 넘어뜨리신 것은 이 땅 모두를 우리에게 주실 것이라는 확신을 보여주기 위함이다! 두 손, 두 무릎이 닿는 모든 곳을 너희들이 점령하게 될 것이다!"

왕의 즉흥적인 연설은 많은 병사들에게 희망의 메시지가 되었고 병사들은 환호했다. 그리고 그 왕이 말한 것처럼 군사들은 가는 곳마다 승전고를 울렸다.

나는 40년도 넘는 세월 동안 이 이야기를 항상 기억해왔다. 그 이야기의 핵심은 다름 아닌 우리에게 주어진 (수동적) 운명을 능동적으로 해석하라는 것이다. 결국 우리의 운명은 해석에 의해 최종 결정을 짓게 되는 것이다. 아무리 내 삶이 망가지고 내 몸에 급성 암이 온다 해도 내가 절망하지 않는 이상, 그 누구도 우리를 절망에 빠뜨릴 수 없다.

물론 아무리 상담을 하고, 나처럼 공부를 하고 치유를 해도 어쩔 수 없는 괴로움을 품고 살아가야 할 운명적인 요소가 있다는 것도 인정한다. 그러나 나이 먹는다는 혜택이 있다면 그게 무엇이겠나! 품는 것 아니겠나! 그러니까 결국 인생은 두 가지다. 체념하거나 품거나! 수동성과 능동성의 차이만 남는 것이다. 자기 인생의 주체가 될수록 능동적이 될 것이요, 자기 인생의 주체가 되지 못할수록 원망과 남 탓과 분노만 늘어갈 것이다.

새해가 다가오면 사람들은 자신의 미래가 궁금해 점집을 가거나 타로카드를 보거나 인터넷을 뒤적이며 한 해 자기의 운세를 살핀다. 영화 〈데스티네이션〉처럼, 사람은 누구나 자신만의 어쩔 수 없는 운명이 있을 것이라 생각하고 믿기까지 한다. 그렇다. 분명 그런 운명이 있을 것이다. 사람마다 스스로 택하거나 원해서 나라나 부모나 인종과 성별과 질병을 갖고 태어나는 것이 아니기 때문에 운명이라는 것이 분명 존재하는 것은 맞다. 그러나 운명은 해석에 의해 마침표가 찍히는 것이다. 주어진 운명대로 사는 것은 팔자를 수동적으로 수용하는 것이다. 그러나 자신이 해석한 운명으로 삶을 받아들인다면 우리에게 주어진 시간이 훨씬 더 의미 깊은 것이 되지 않을까.

욕망은 금기에서 나온다

　사람은 무슨 일을 하든 질려야 그만둔다. 사람은 무얼 하지 말라고 하면 더 하고 싶어 하는 습성을 갖고 있다. 그래서 하고 싶은 것을 반복하고 반복해서 질릴 정도로 한 다음에야 비로소 멈춘다. 그게 사람이다. 신은 인간에게 자유의지를 주셨다고 하였지만 그 자유의지 안에 함정이 있다. 그러나 그 함정은 인간이 스스로 끌어들인 함정이다. 하지 말라 하면 더 하고 싶은 인간의 욕망. 그래서 정신분석에서는 욕망이 금기에서 나온다고 하지 않던가!

　진화론으로 보면 인간은 동물과 다른 특성 한 가지를 갖고 있다. 바로 '호기심'이다. 동물들은 자신의 안전이 침해당하면 결코 그 행동을 하지 않으려 한다. 그러나 인간은 자신의 안전이 위협받더라도 호기심을 참지 못한다. 때문에 진화론에서 농담으로 전해지는 이야기가 있잖은가. 인간도 네발짐승이었는데 문득 하늘의 별을 보았을 때 그 별을 좀 더 잘 보고 싶은 마음에 점점 앞발을 들게 되었다는 것이다. 또 높은 언덕을 보면서 "저 언덕 위에는 무엇이 있나?" 하는 호기심을 갖고 계속 앞발을 들다 보니 척추에 힘이 가면서 직립보행을 하게 되었다는 것이다.

얼마 전 아내와 딸아이를 데리고 서울 나들이를 간 적이 있다. 집이 대전이라 나는 매주 오지만 아이에게 서울 구경을 시켜주고 싶었다. 광화문에 이르러 이순신 장군 동상을 보여주며 "자, 봐라. 저게 이순신 장군 동상이야!" 사춘기 아이에게 하지 말았어야 하는 말을 하고 말았다. 아이가 화를 내며 이렇게 말했다 "아이, 아빠! 아빠 촌놈이야? 그냥 좀 가. 나도 봤어!"

20대 중반에는 어머니가 나에게 세상 좀 크게 보라 하시면서 갑자기 3주간의 유럽 여행을 시켜주셔서 아무 생각 없이 유럽 8개국을 다녀온 적이 있었다. 그때 루브르 박물관에서 〈모나리자〉를 직접 보았는데 너무 실망스러웠다. 〈모나리자〉가 있는 홀에 수많은 유화들이 걸려 있어 이 그림이 저 그림 같고 저 그림이 이 그림 같았던 것이다. 어쨌든 특수 유리로 전시해놓은 〈모나리자〉 앞에서 잠시 역사적인 작품을 구경할 수 있었다. 이후로 〈모나리자〉 그림을 보면 "아, 저거 봤어!" 남들은 직접 보지 못해 신비감을 갖겠지만 나는 보았기 때문에 신비감이 없다. 그저 평범한 느낌만 드는 것이다.

사람이 살아가는 모든 일이 다 그렇지 않을까 싶다. 아주 근사한 호텔에서 비싼 뷔페를 먹기 전까지는 그저 '와~' 하는 감탄사만 연신 터뜨리다가 한 시간 정도 요리를 맛본 후에는 그 비싼 음식들이 더 이상 귀하게 보이지 않는 것처럼 말이다.

때문에 사람은 경험이 필요하다. 경험이 스승이다. 경험을 통해 배울 수 있으니 말이다. 그러나 무엇이든 원하는 것을 이룬 후에는 언제나 긴 허무가 남는다. 쾌감이나 쾌락을 기대한 만큼의 실망과 허무가 찾아오는 것이다. 우리는 우리 모두에게 각자 주어진 삶을 살아간다. 그리고 그 삶 속에서 재미있는 것, 흥미로운 것, 신비로운 것, 맛있는 것, 멋있는 것, 자극적인 것을 찾아 끊임없이 헤맨다. 그러나 해 아래 새것이 없다는 말씀처럼 결국은 다시 일상으로, 삶으로 돌아온다.

그래서 삶은 프로이트의 말처럼 흥분과 쾌감, 자극을 찾아 헤매는 리비도의 본능(생의 본능)과 아무 자극도 받지 않으려는 무자극, 무감각 상태인 죽음의 본능으로 구성되어 있다는 말이 예사롭게 들리지 않는지도 모르겠다. 사람은 무엇이든 원하는 것을 이루기 직전이 가장 행복하다. 다시 말해 정상에 오르면 산을 정복했다는 잠시의 기쁨이 흥분을 주지만 그다음에는 곧 다시 내려갈 일만 남았다는 부담을 갖게 된다.

나는 젊은 시절 사람에게 해(害)가 되는 일을 제외하곤 모두 다 해보고 나서 어른이 될 것을 권하고 싶다.

어느 분이 그런 말을 했다.

"공부하는 분들은 꼭 박사 학위까지 해봐야 한다. 왜냐하면 그게 아무것도 아니라는 걸 알아야 하기 때문이다."

때로는 마음도 체한다

명언이라 생각한다. 이 세상 모든 것이 직접 해본 뒤에는 별거 아니라는 걸 알게 된다. 대기업 회장이라 해서 하루 열 끼니를 먹는 것도 아니고 황금으로 된 밥을 먹는 것도 아닐 테니 말이다. 우리와 비슷한 밥을 먹고, 우리와 비슷한 배설물을 싸지 않겠는가! 그렇게 본다면 우리가 추구하는 건 실제가 아니라 실제라 여기는 환상이고, 어린 시절 좌절한 것에 대한 반발로 반드시 성취해야겠다는 오기일지 모른다. 때문에 거절과 좌절을 많이 겪어본 사람일수록 반드시 비슷하게라도 원하는 것을 이루어볼 필요가 있다. 왜냐하면 허무를 배우기 위해서다. 허무는 느끼는 차원에서 끝나면 소용이 없다. 허무를 '배워야' 한다. 그리고 허무를 통해 늘 집착하며 붙잡으려 했던 무지개의 갈망을 놔버려야 한다.

무지개란 그저 빛의 굴절로 인해 우리 눈에 비치는 착시 현상이라는 걸 알아야 한다. 실제 가서 무지개의 끝을 손으로 잡아보려 해도 무지개는 결코 잡히지 않을 테니 말이다. 사람은 그렇게 허무를 배워야 그다음 단계로 나아갈 수 있다. 그래야 호기심 대신 소박한 감사로 채우고, 욕망보다 자기 비움을 통해 무소유의 가치를 누릴 줄 아는 삶으로 변화할 수 있다.

자존심이냐 자존감이냐

자존감(self esteem)과 자존심(pride)은 우리말로 한 글자만 다르지만 두 단어가 갖는 뉘앙스의 차이는 크다. 자존감이 높은 사람은 사소한 일에 자존심을 내세우지 않는다. 자존심이 강한 사람은 사소한 일에 자존심을 내세우지만 그런 사람의 자존감은 무척 낮거나 부정적이다. 자존감이 있는 사람은 자기 삶과 존재에 여유가 있는 사람이다. 그러나 자존심만 있는 사람에게선 그런 여유를 찾아보기 힘들다.

때문에 늘 예민해 있고, 그런 상태에서 누군가 거절하거나 상처 주는 말과 행동을 하면 자기를 무시했다고 엄청 예민하게 반응하며 화를 낸다. 그래서 자존심 강한 사람과 같이 살거나 일하는 건 상당히 힘들다. 자존심 강한 사람에게 중요한 것은 행복이 아니라 옳고 그름이다. 매사에 옳고 그름을 따지는 이들이 자존심 센 사람들이다. 그들은 자기가 옳아야 행복하다. 즉 옳다고 인정받는 일이 무엇보다 중요한 사람들이 자존심 센 사람들의 특징이다.

반면 자존감 높은 사람들은 옳다 그르다보다 행복을 중시한다. 그렇다고 옳고 그름을 무시한다는 말은 아니다. 옳을 수도 있고, 틀릴 수도 있다고 생각하며 인생을 살아가기 때문에 옳고 그름에 목매지 않는다. 옳다는 것은 중요하지만 한번은 진지하게 생각해볼 필요가 있다. '나는 왜 옳은 것에 집착하는가?'

철학자 니체는 도덕이야말로 창녀라고 혹평했다. 윤리와 도덕은 다른 차원이다. 윤리는 시대가 달라져도 변함없는 규범을 말한다. 어느 시대, 어느 나라건 사람이 다른 사람을 죽이거나 괴롭혀선 안 된다는 전제가 있다. 이게 윤리다. 하지만 여자는 어떻게 해야 하고 남자는 어떻게 해야 한다는 규범이 있으면 그건 도덕이다. 그런데 도덕은 세월이 변화하면 그에 따라 변한다. 때문에 과거에는 옳았던 것이 지금은 옳음의 권위를 상실하는 것이 도덕이므로 니체는 "도덕은 창녀"라고 혹평한 것이다.

자존심이 강한 사람들은 자기 자존심이 시대에 한정된 옳음에 집착하며 살아가고 있는 것이 아닌가 자문해볼 필요가 있다. 그리고 어린 시절에 모멸감이나 거절감과 같은 좌절의 상처나 분노의 상처가 없었는지 반드시 살펴보아야 한다. 가난하게 살아온 사람은 누군가에게 가난하다는 말을 들으면 감정이 폭발한다. 그 말로 인해 그 사람 마음 안에서 콤플렉스(complex)가 강렬하게 자극된다. 그때 자아는 그 콤플렉스에 압도된다. 그래서 '자신도 모르게' 이성을 잃은 행위를 한다.

자존심이 세면 누군가에게 무시당하지 않으려고 자기를 포장하거나 자기를 보호한다. 그 결과 자존심은 지킬 수 있겠지만 행복하지 않은 경우가 있을 수 있다. 행복은 결코 자존심에서 오지 않기 때문이다. 행복은 자존감에서 온다.

부부 상담을 할 때 이런 면을 자주 본다. 내 앞에 와서도 여전히 싸우는 부부가 있는데, 나는 그들을 말리면서 한 가지 묻는다.

"두 분 그만 싸우세요. 상담실까지 와서 이러시면 어떻게 해요. 두 분은 옳은 게 중요하세요, 행복한 게 중요하세요?"

그럼 다들 행복이라고 답한다. 그러면?

"옳은 거 좀 포기하세요."

"흥! 저 사람이 먼저 포기하면 나도 포기하죠."

이렇게 말한다. 사실 그 누구도 먼저 포기하는 법이 없고, 포기하려 하지 않는다. 그럼 상담은 다시 원점으로 돌아간다.

나는 그런 경험을 통해 생각하고 또 생각한다. 옳은 게 중요한가? 옳은 것도 행복을 위해 존재하는 것 아닌가? 행복은 둘째고 옳은 게 먼저다? 물론 그럴 수도 있지만 가정(family)의 우선 가치는 행복이 아닌가. 사회처럼 법이 우선이고 옳은 게 우선은 아닐 텐데……. 자존심을 지키는 일은 필요하지만, 사실은 아무것도 없으니까 자존심만 내세우는 것이다. 북한을 보라. 가진 게 핵밖에 없으니 늘 핵으로 우리나라와 주변 나라들을 위협하고 있지 않은가! 부부 사이도 인간 관계도 무엇보다 여유가 중요하다. 그리고 여유는 내면이 치유된 자

의 특징이다. 성경에 나타난 구원의 의미를 연구해보면 구원이라는 말 속에 '여유'가 들어 있다고 한다.

사람을 치유하는 여유, 그 여유가 우리의 상한 자존심을 제대로 세워주고 높여줄 것이다. 그러기 위해서는 한번쯤 자존심 내려놓고, 옳고 그르다는 유치한 발상을 접고, 고요한 자기반성과 자기 성찰을 통해 자기를 마주해야 한다. 나는 왜 그리 옳은 게 중요했고, 나는 왜 그리 자존심이 강했는지 거울 보며 스스로에게 진지하게 물어봐야 한다.

욕망에 감사하다

작년 8월 울산에서 아이를 폭행하고 학대하다 죽인 계모에게 1심에서 사형이 구형되었다. 3년간이나 폭행했는데, 아이를 부검한 결과 갈비뼈 24개가 부러지도록 구타했다는 것이다. 아이가 친구와 소풍 가고 싶다는 말을 듣고 그랬다는 것이다. 그 뉴스를 듣자마자 가슴이 미어지는 것 같아 나도 모르게 눈물이 흘러 엉엉 울고 말았다. 거의 평생 사람의 마음을 공부하고 살아온 나지만, 어찌 그리 잔인할 수 있는지…… 그 여자에게 묻고 싶다.

누가 시켜서 눈물이 흐른 것도 아니고, 울고 싶어 운 것도 아니고, 감정을 끌어모아 운 것도 아니었다. 그냥 가슴이 저미면서 눈물이 흘렀다. 내 영혼이, 내 감정이, 내 마음이 자연스레 그 충격적인 뉴스를 듣고 반응한 것이다.

나는 그렇게 반응하는 내가 좋다. 그리고 고맙다. 나이 들어갈수록 감성이 무뎌지고, 감정은 메말라 눈물 역시 잘 흘리지 않는다. 그러나 남들보다 체면 따지지 않고, 무의식을 있는 그대로 드러내는 일을 하고 살아간다. 물론 그런 나의 삶을 남이 알아주지 않아 때로 외롭기도 하지만 한편으로는 이런 정신적 자유를 마음껏 누리며 살아가는 스스로에게 감사한 마음을 갖게 된다.

나는 살아가면서 모든 것을 감사하게 생각하려 한다. 한창 젊었을 때는 내 욕망이 무지 싫었다. 아니, 욕망이 저주스러웠다. 욕망의 순우리말은 '꼴린다'다. 특히 성적으로 너무 자주 꼴리는 나 자신이 악해 보이기도 했다. 그런데 조금씩 나이를 먹어가면서 그렇게 꼴리는 것도 다 한때였다는 걸 알고 격세지감을 느끼곤 한다. 한없이 꼴리는 게 아니라는 말이다. 때가 되니 그것도 좋은 추억으로(?) 다가오는 순간이 있더라는 것이다. 물론 아직 추억 운운할 나이가 아니라는 것을 잘 알지만 말이다.

과거에는 어떤 마음이나 꼴림이 올라오면 무조건 판단하고 정죄하고 참고 억눌렀다. 그러나 지금은 아니다. 그런 마음이나 꼴림이 올라오면 한 발짝 뒤에 서서 그런 나를 잠시 관찰한다. 그리고 이게 왜 올라왔는지를 생각하고 내가 감당할 수 있는지 아닌지를 살핀다. 그러다 보니 과거에 비해 많이 편안한 삶이 되었다. 그러니까 정말 힘들었던 건 꼴림이 아니라, 내가 스스로를 너무 빨리, 너무 강하게, 너무 정확하게 정죄하고 판단하고 규정했다는 것이다. 사실은 그게 힘들었다.

사람을 인격이라 한다. 인격은 위협하고, 겁주고, 벌을 주고, 고문하는 것이 아니다. 그렇게 하면 잠시 무서워서 하고 싶은 말이나 행동을 감출 수 있겠지만 결국에는 다시 반발심이 생길 수밖에 없다. 따라서 인격은 그렇게 하면 안 된다. 인격은 설득하고, 이해하고, 공감하고, 감동을 주면 바뀌게 되어 있다. 문제는 우리가 스스로에게 너무 억지를 부린다는 것이다. 스스로 자기 자신에게 겁을 주고, 벌을 주고, 경고를 하고 있다는 것이다.

왜 그럴까? 이제까지 살아온 우리 사회가 전반적으로 사람을 그렇게 대했기 때문이다. 정치, 경제, 문화, 교육, 종교 어느 분야를 막론하고 설득, 이해, 공감, 감동이 우선이 아니었다는 얘기다. 나는 교회를 다니는데 나의 성장 과정에서 참여했던 많은 목사님들이나 설교자들이 항상 강조하는 것이 말씀 지키라, 계명 지키라, ~을 해라, ~에 순종해라, ~을 하면 안 된다. ~은 반드시 해야만 한다……였다. 이런 강압적인 가르침들이 하나님의 은혜, 자유, 인권, 주체성, 설득, 공감보다 더 많았다. 덕분에 많은 그리스도인들이 하나님의 은혜로 구원을 받았는지는 모르지만 구원을 받은 이후에는 그 삶이 거의 신종 율법에 얽매여 살아가는 모순을 본다.

이제는 교회가 죄인들이 아니라, 바르고 착하고 순종 잘하고 말 잘 듣는 사람들만 모이는 곳이 되었다. 진짜 죄인들은 교회에 들어올 수가 없다. 죄인이 들어왔을 때 그를 바라보는 어색한 시선을 견뎌낼 자신이 없는 것이다.

내가 믿는 신은 크고 깊고 넓고 자유로운 분이시다. 저래도 되나

때로는 마음도 체한다

싶을 정도로 말이다. 이런 하나님을 누군가가 "그건 변상규 네가 만들어낸 하나님이야"라고 비웃어도 괜찮다. 그런 비웃음 정도는 마음껏 받아줄 수 있다. 그 하나님이 주신 것이 나의 몸이며, 내 몸에 주신 몰약이 바로 꼴리는 욕망이다. 이제는 그것을 마음껏 감사하고 존중한다. 참고로 이 모든 게 나이 50 가까이 되어서야 겨우 깨달은 것임을 잊지 마시길.

제4장

온전한 나로
꽃피우기

절정 경험의 감동

    인간의 욕구는 수 세기 동안 많은 학자들에 의해 연구되었다. 우리가 잘 아는 프로이트에 의하면, 인간의 욕구는 쾌감을 추구한다, 성적 쾌감을. 프로이트는 시대를 너무 앞서간 인물이었다. 지금 그런 말을 했다면 모두가 고개를 끄덕였겠지만 그 당시는 쉬쉬하며 성을 금기시하던 시대인 터라 미친 학자 소리를 들어야 했다. 프로이트의 눈에 비친 현대인은 자기 내면의 다듬어지지 않은 원시적 본능을 억압하며 살아야 하는 모순된 존재였다. 때문에 프로이트는 인간을 "비극적-희극적인 존재"라고 했다.

    욕망은 들끓고 있는데 이성(理性) 때문에 어찌할 수 없어 문명사회에서 눈치를 보며 살아야 하므로 비극적 존재이고, 양복 입은 원숭이처럼 고상한 척은 다 하지만, 지위 고하를 막론하고 결국은 본능에 목을 매며 살고 있으니 희극적이고 역설적인 존재가 인간이 아니고 무엇이었겠나! 데즈먼드 모리스의 《인간 동물원》은 그런 우스꽝스러운 인간을 고발하고 있다.

프로이트의 제자였다가 후에 프로이트와 결별하고 개인 심리학을 창시한 알프레트 아들러는, 인간은 열등감을 극복하고 자신만의 성향인 우월감을 추구하려는 욕구가 있다고 했다. 즉 인생을 자기 열등감의 극복 과정으로 보았다. 맞는 말이다. 열등감 없이 사는 사람은 없을 테니까.

한번은 어떤 학자가 "아들러의 심리학은 프로이트의 심리학에 비해 깊이가 없다"고 혹평한 적이 있었다. 아들러가 충분히 열등감을 느낄 만한 순간인데, 그는 이렇게 응수했다. "당신은 뭘 모르시는군요. 거인(프로이트)의 어깨 위에 앉은 난쟁이가 거인보다 더 멀리 보는 법입니다."

이후 인본주의 심리학자 에이브러햄 매슬로는, 사람은 누구나 '절정 경험'을 느끼고픈 욕구가 있다고 했다. 절정 경험이란 쉽게 말해 '감동'의 욕구다. 감동받고 싶어 하는 욕구가 있다는 것이다. 바로 감탄의 욕구 말이다.

이런 실험 결과가 있다. 암 환자를 두 부류로 나눠 한 부류는 재미있거나 감동적인 영화를 6개월간 보여주었다. 나머지 부류의 환자들은 병동에서 아무 일도 없는 일상의 나날을 반복하게 했다. 예상한 대로 감동적이거나 재미있는 영화를 본 환자들은 1년이 지나도 생명을 유지하고 사망률이 현저히 줄었지만, 나머지 부류의 환자들은 의

사들이 말한 대로 6개월을 넘기지 못했다는 것이다. 감동이 수명을 늘린 것이다.

사람이 감동받을 때 세포를 조사해보면 세포를 구성하는 핵이 엄청난 속도로 돌아간다고 했다. 그러면 심장박동이 빨라지면서 흥분한 상태가 되고 뇌에서 긍정적이고 행복감을 느끼게 하는 신경 전달 물질(도파민이나 엔도르핀 같은)이 무수히 나오는데 이때는 마치 마약을 주사한 것과 같은 상태가 된다고 했다.

사람에게 가장 큰 감동은 사랑이다. 때문에 사랑하는 연인들은 늙지도 배고프지도 않다.

감동의 욕구. 이 욕구를 하루에 한 번만이라도 자신에게 선물로 줄 수 있다면 그 사람은 정신적으로 건강해지고 우울증도 오지 않을 것이다. 나는 다른 사람에게 잘하는 사람에게 묻고 싶다.

"왜 남한테만 잘하려 하나요?"

아마 인정받고 싶어서라고 대답할 것이다. 그때는 이런 말을 하고 싶다.

"이제부터는 남한테만 잘하려 들지 말고 자신에게 잘하려고 해보세요. 자기 몸에 선물을 주시고(걷기 운동이나, 좋은 먹을거리를 그러나 조금씩 자주), 마음에 선물을 주시고(아름답고 신나는 음악, 아름다움과 관련된 모든 것), 영혼에 선물(깨달음이나 신의 사랑에 대한 새로운 기대감)을 주면 분명 당신 자신이 스스로에게 '예기치 않은 선물'을 줄 거예요."

내가 나에게도 잘 보여야 한다. 그래야 그 '내'가 나에게 반드시 좋은 것으로 보상해준다. 그게 감동이다.

나는 직업 때문에 양복을 주로 입고 다닌다. 그런데 양복을 자주 바꿀 수는 없지만 흰 새 와이셔츠를 입고 나가면 왠지 모르게 나 자신이 꽤 괜찮은 사람처럼 느껴진다. 거울에 얼비친 내 모습을 보는 것만으로도 흐뭇하다. 나르시시스트라고 해도 어쩔 수 없다. 반면 겨울만 되면 버리지 못하고 늘 입는 잘 구겨지는 외투가 있다. 마음은 멋진 코트 하나를 사 입고 싶은데 상황이 되지 않아 몇 년을 그 외투만 입고 다녔다. 솔직히 입을 때마다 나 자신이 너무 나이 들어 보이고 왜소하게 느껴진다. 그리고 보면 "옷이 날개"라는 속담은 확실히 맞는 얘기다.

사람은 무얼 많이 배우고 알아서 바뀌는 게 아니라 감동받아야 변한다. 잔소리하고 겁주고 혼내고 때려서 변하는 사람은 세상에 없다. 두려움 때문에 잠시 변하는 척할 뿐이다. 그런 까닭에 매슬로는 감동, 즉 '절정 경험'을 많이 하면 할수록 자기실현의 욕구가 채워진다고 말했다.

늘 패배 의식에 시달렸다면 단기적이지만 성취감도 얻고, 절정 경험도 느끼는 손쉬운 방법이 있다. 바로 등산이다. 산 정상까지 오르면 성취감을 느끼면서 '와~', '야~' 하는 탄성을 지르게 된다. 그렇게라도 스스로에게 감동을 주어야 한다. 스스로에게 감동을 주지 못하면서 누가 우리에게 그런 감동을 가져다주길 바라는가? 철학자 니체는 그런 인생을 노예 인생이라고 했다.

자신에게 감동을 주는 사람은 자기 인생의 주체성을 회복한 사람이고, 자기 인생의 주인이 된 사람이다.

노예는 언제나 주인의 감동을 위해 자신을 희생하지만 주인은 노예에게 그럴 필요가 없다. 기왕 살아가는 거라면 노예보다 주인이 낫지 않겠는가!

마음의 맷집을 키우는 법

용종(polyp)은 주로 장과 위에서 생기는데, 양성이면 문제가 없지만 소수는 암세포를 지니고 있다고 한다. 병원에서 위내시경을 통해 두 개의 용종을 떼어냈다.

왜 그런 게 생겼을까? 가족력 때문에 생기는 경우도 있지만, 어찌보면 마음의 상처가 용종이 된게 아닌가 싶은 생각이 문득 들었다.

의학 지식이 있는 사람들은 "상상력도 풍부하시네" 하겠지만, 난 오랫동안 공부하면서 몸이 마음이요 마음이 몸 같다는 논리를 부정해본 적이 없다. 피곤, 스트레스, 갈등, 고통, 번민, 위기…… 이게 다 인생에 없어서는 안 될 요소 아니던가. 그러나 이런 것들이 너무 지나치면 신경을 쓰게 되고, 그러면 신경과민이 되어 위에서 산(酸)이 심하게 나오고, 그 산이 위벽을 녹여 상처를 내고…….

사실 모든 병이 마음에 뿌리를 둔 것은 아니겠지만 그렇다고 모든 병이 마음과 무관하다고도 생각하지 않는다. 결국은 상처다. 상처가 사람의 성격을 왜곡시키고, 상처가 사람의 건강을 해치고, 상처가 관계를 파괴하며, 상처가 정상 세포를 변형시킨다. 상처는 정말 무서운 놈이다. 누가 세상 살면서 상처에 긁히지 않을 자신이 있다고 말할 수 있는가? 누구나 상처에 긁힐 수 있다. 다만 그 상처에 견딜 수 있는 내성이 중요하다. 맷집이라는 내성 말이다. 권투 선수들은 맷집을 기르기 위해 일부러 얻어맞고 일부러 고통을 연습한다.

　마음도 그렇다. 마음의 맷집이 좋아지려면 실컷 배신당해보고 실컷 우울해보고 실컷 욕하고 실컷 실신한 사람처럼 되기도 하고 실컷 신이 어디 있느냐고 저주해보기도 해야 한다. 그래서 모든 것이 덤덤해지는 경지까지 가야 한다. 그러면 무슨 일을 당해도 덜 슬프고, 무슨 일을 경험해도 덜 아프다. 마치 굳은살 박인 손으로 뜨거운 냄비를 잡아도 데지 않듯, 상처를 입어도 견딜 수 있는 강한 내성이 필요하다.

　사람은 크게 강한 사람과 약한 사람 두 종류로 나뉘는데, 약한 사람들은 도태된다. 그러나 약해도 지지 않고 끝까지 견디는 사람은 강한 사람을 능가할 수 있다. 즉 약해도 견딜 수 있는 사람이 정말 강한 사람이다.

　옛날 어느 교수님이 이런 말을 하신 게 기억난다.

　"골골대는 노인네가 건강하게 보이는 노인네보다 더 오래 살더라."

　그 말이 맞다. 금방이라도 죽을 것 같아 보이지만 끝까지(?) 제 수

명 다 살고 가는 노인이 더 강한 사람이다.

약하다면 약함을 즐겨라. 그 약함을 존중하라. 그 약함을 갖고 어느 만큼 견디며 일할 수 있는지를 평가하라. 그리고 그 수준에 만족하고 감사하면 된다. 그럴 때 약함은 약함의 밀도를 갖고 제 몫을 할 것이다. 그렇게 살면 상처가 아무리 커도 이겨낼 수 있다.

상처는 용종과 같다. 상처가 커지면 정말 큰 병이 되고 심지어 죽을 수도 있다. 상처가 더 커지기 전에 그것과 마주하고 떼어낼 수 있는 용기가 우리를 살릴 것이다. 상처가 중요한 게 아니라 더 커지지 않도록 하는 게 더 중요하다. 몸뿐만 아니라 마음도 그렇다.

용종은 이상한 벌레가 아니다. 내 신체를 이루던 일부분이었다. 그 일부에 이상이 생긴 흔적이 용종이다. 그러니까 용종은 몸의 메신저다. "당신도 모르게 당신의 몸이 이렇게 되었으니 대비하라"는 메시지 말이다. 그 말을 잘 듣고 몸을 돌보면 용종은 오히려 내 건강을 돌아보게 하는 고마운 증상이 된다. 하지만 끝까지 그럴 리 없다고, 내 몸에 이런 것이 생길 일이 없다고 부정하면서 용종을 떼어낸다면 머지않아 용종보다 더 큰 병이 몸 안에서 자랄 수도 있다. 우리의 몸은 그것이 어떤 병이든 저주할 때 더 빨리 자란다. 그리고 우리의 몸을 더 빠르게 악화시킨다.

영국의 종교개혁자 존 웨슬리는 감기가 오면 항상 손님을 맞듯 두 손을 벌리면서 이렇게 말했다고 한다.

"오, 나의 감기 형제여, 어서 오라. 그동안 만나지 못했는데 이제 찾아와주었으니 잠시 머물다 가시게."

그래서인지 웨슬리는 날이 궂은 영국에서 자주 감기에 걸렸지만 감기 때문에 일을 못한 적도 없었다.

사람은 저마다 몸과 마음에 자신도 모르는 용종이 있다. 그것이 발견되면 내 몸에 벌레나 이물질이 생긴 것처럼 호들갑 떨지 말자. 그저 담담하게 "고맙다, 나도 모르는 걸 알려주었구나" 하고 감사하면 된다. 우리 몸의 증상뿐만 아니라, 우리 마음의 병적인 증상조차 우리를 죽음으로 이끄는 저승사자가 아니다. 그것은 단지 우리에게 조금 더 쉬고, 조금 더 누군가에게 위로받고, 조금 더 어린아이처럼 퇴행해도 괜찮다는 신호다. 그런 신호를 무시하고 안 아픈 척, 계속 건강한 척하지 말자. 어느 개그맨의 멘트처럼 한 방에 훅 가는 수가 있으니.

기대지 마시오

지하철이나 버스를 탈 때마다 보는 표어와 그림이 바로 '기대지 마시오'다. 그런데 역설적으로 이 '기대지 마시오'라는 말이 인간관계의 커다란 진리이며, 불교에서 말하는 애별리고(愛別離苦)의 가르침과 통한다는 점이다. 우리가 잘 아는 사람 인(人)은 작대기 두 개, 즉 두 사람이 서로 의지한 모습이다. 이 간단한 한자에는 사람이란 서로 의지하면서 관계 속에 살아가는 존재라는 의미를 갖는다.

그러나 의지와 의존은 구별해야 한다. 인간관계에서 가장 위험한 것이 서로를 의존하면서 의지하는 관계다. 나는 자주 이런 비유를 든다. 세 살짜리 아이가 부모에게 의존하는 건? 그건 정상이다. 하지만 나이가 서른인데도 부모에게 의존한다면? 그건 정신병 수준이다. 가족치료학자 머레이 보웬의 주장대로 가족 분화(가족들과의 관계가 적절한 경계선이 그어져 있으면서도 친밀한 관계)가 전혀 이루어지지 않은 것이다.

세상에 하고많은 다툼과 고소의 원인이 대부분 서로에게 의존하다 생긴 결과들이다. 다툼과 고소의 원인은 분노다. 분노의 영원한 정의는 '기대치에 대한 좌절'이다. 기대가 클수록 실망도 크다는 말이 그것이다. 따라서 두 사람이 관계해도 서로에 대한 기대가 없다면, 큰 기대 없이 만난다면 싸움이나 분노가 일어날 일도 없다.

하지만 그런 기대를 갖지 않으려면 먼저 스스로 의존의 끈을 잘라버려야 한다. 사랑은 하되 의존하지 않기, 집착하지 않기, 같이 살아가되 의존하지 않기, 함께 즐거워하되 큰 기대 하지 않기. 어찌 보면 이런 관계가 어떤 관계냐고 물을 사람도 있을 것이다. 그건 오히려 도피나 회피라고 말할 사람도 있을 것이다. 그러나 돌이켜 생각해보면 그렇게 의존해서 과연 의존한 만큼의 만족을 얻어낸 적이 있었는가? 사람은 모두 동상이몽(同床異夢)이요 내 마음 같지 않은 것이다. 그래서 서로 의지하되 의존하지 말아야 한다. 서로 의존하게 되면 기대가 커지고 나는 보호받는 자, 사랑받는 자가 되어야 한다고 생각한다. 그게 망상이다. 그런 사람은 자기 삶의 주체가 되는 것을 두려워하고 오로지 인정받으려고 목숨을 걸게 된다. 그게 싸움의 원인, 분노의 원인이 되는 것이다. 주체적인 사람은 누군가를 의지하지만 딱 거기까지다. 그건 냉정함이 아니라 이성적인 선택이다.

자주 싸우는 부부를 상담한 적이 있었다. 서로 싸우고 욕하고 치고받고 물건 깨뜨리는 일이 다반사다. 아내는 남편이 잘못해도 절대 인정하지 않는다며 소리치고, 남편은 잔소리해대는 아내가 징그럽다고 밖으로 나간다. 그럼 아내는 저거 보라고 또 피한다고 소리친다. 원인도 무척 단순하다. 아내가 물걸레로 상 좀 닦아달라고 해서 남편은 닦았다는데 아내가 보기엔 대충 훑은 정도다. 마음에 들지 않는다. 그때 기대치가 확 무너진다. 순간 올라온 짜증이 과거부터 쌓인 분노까지 폭발시킨다. 그러곤 냅다 소리를 질러댄다.

"당신 이거 닦은 거 맞아?"

남편은 아내의 고성에 마음이 탁 닫히면서 반박하고 방어하기에 급급하다.

"아니, 닦은 거 맞잖아. 뭐가 못 마땅해서 그래?"

"닦으려면 제대로 해야지. 이게 닦은 거 맞냐고?"

이때 아내는 남편이 사과하면서 다시 닦겠다고 하길 기대한다. 하지만 이미 자존심이 상한 남편은 끝까지 우긴다.

"닦았어! 분명히 닦았다고! 물 묻은 거 보면 몰라? 도와줘도 잔소리야!"

여자들이 정말 모르는 게 있으니…… 남자란 동물은 자존심 하나로 버티는 연약한 존재다. 때문에 그 자존심이 긁히면 다 알면서도 우기고 사소한 것에 목숨을 건다. 아무튼 사태가 이렇게 되다 보니 상 닦는 문제로 두 사람의 분노가 일시에 터지면서 마치 원자폭탄처럼 서로의 감정이 폭발한다.

결국 상 닦는 작은 문제 때문에 두 사람은 냉랭한 기운을 뿜어댄다. 하루가 아니다. 이틀 사흘 어느 때는 그 일로 집안 분위기가 한 달이나 서먹해진다. 이와 유사한 일이 부부 사이에 한둘인가? 다 사소한 일인데……. 사실 사소한 일 뒤에는 이미 쌓여 있는 해묵은 과제가 있다. 그런데 뭐가 들어 있든 기대를 없애고 살았으면 그럴 리 없다.

"아니, 이것도 못해줘?"

하지만 그것조차 그만두어야 한다.

그걸 성자의 수준이라고 말할지 모르지만 절대 아니다. 훈련의 결과다. 아직도 사람에게 다 속지 못한 것이다. 덜 속고 덜 성숙한 것이다. 그것마저 버렸어야 했다. 그런 기대조차 없다면 삶이 너무 재미없고 슬프지 않은가 반문할 것이다. 하지만 그래야 덜 슬퍼지고 덜 우울해진다.

기대지 마시라. 나는 온 국민이 이용하는 지하철과 버스에서 매일같이 국민 모두에게 중요한 교훈을 던져주고 있다고 생각한다. 기대지 마시라! 기대지 말아야 한다. 넘어진다. 다친다. 홀로 서야 한다. 홀로 서는 건 외로운 게 아니라 주체가 되는 첫 단계일 뿐이다. 스스로 주체가 되지 못하면 나중에 주책이 되고 만다. 도대체 언제까지 어리석어야, 언제까지 아파보고 당해봐야 인간은 허망한 기대를 접을까?

때로는 마음도 체한다

일이 잘 풀리게 하는 법

사람은 무슨 일을 하든 우선 마음이 편해야 한다. 도둑질도 마음이 편해야 안 들킨다. 마음이 불안하면 좋은 일에도 마(魔)가 낀다. 상담하면서 많은 이들을 대하다 보면 어느 정도 관상쟁이가 된다. 얼굴이 편안하고 눈빛이 안정된 사람과 그렇지 않은 사람은 분명 다르다. 달라도 많이 다르다. 확연하게! 일이 잘 풀리는 사람을 보면 여지없이 자신감이 엿보인다. 눈빛에서, 말 속에서, 행동에서 드러난다.

자신감의 한자는 '自信感'이다. 자신(自信)이 무슨 뜻인가? 스스로 자, 믿을 신이다. 스스로를 믿는다는 의미다. 조금 과장하면 절대자나 신을 믿듯 자신을 믿는다는 의미다. 자신을 하나님처럼 대하는 사람이 자신감 있는 사람이다. 자신에 대한 과대망상을 말하는 것이 아니다. 말 그대로 자신감 있는 사람을 말한다. 그런 사람은 일이 잘 풀린

제4장 ♥ 온전한 나로 꽃피우기

다. 대인 관계도 문제가 없다. 자신을 하나님처럼 대한다는 건 어찌 보면 불경스러운 이야기지만 이미 동학의 최제우 선생이 말씀하지 않았는가! 인내천(人乃天) 말이다. 사람이 곧 하늘이라는 사상 말이다.

성경에도 사람이 하나님의 형상이라고 했다. 고로 자신을 무시하고 자신을 학대하고 자신을 못마땅하게 여기는 사람은 무슨 일을 하든 잘될 리 없다. 아니, 일이 잘된다 해도 삶은 여전히 불행할 것이다. 스스로 기쁘지 않고 보람이 없는데 어찌 행복이 깃들 수 있겠는가?

자신감 있는 사람들은 매일 마음속에서 잔치를 벌인다. 옆에 사람이 없어도 콧노래가 절로 나온다. 하지만 자신감 없는 사람은 자기 존재를 못마땅하게 여긴다. 그리고 자기가 느끼는 감정을 스스로 하찮게 여긴다. 즉 자기가 못마땅한 것이다. 자기가 쓰레기 같은데 보석이라도 가져다 놓으면 빛이 날까? 보석도 그 앞에선 돌멩이처럼 빛을 잃고 말 것이다.

상담하면서 마음이 치유된 사람들을 보면 한 가지 공통점이 있는데, 마음에 여유가 보였다. 그리고 그 여유를 편안해하고 즐기고 고마워했다. 답답한 인생이 담담한 인생으로 바뀐 것이다. 마음의 안정을 되찾은 것이다. 소박한 여유 그리고 넉넉해진 웃음이 치유의 징조들이었다.

자신이 못마땅한 사람들을 보면 너무 많은 의무감과 당위성의 노예가 되어 있다. 자기는 이것도 못하고 저것도 못하고, 이것도 하기 싫고 저것도 하기 싫고…… 몸은 자유인인데 실은 노예다. 노예로 살고 있으니 삶이 즐거울 리 없다. 그런 사람들은 남의 눈치, 특히 권위자의 눈치만 보면서 그들로부터 인정받기 위해 별짓을 다 한다. 인정받음의 노예로 전락한다. 그런데 이상하게 남에게 인정받길 바라면서 정작 자기는 스스로를 인정할 줄 모른다. 자기에 대한 인정이 인색하기만 하다. 그런 삶이 반복되면 절대 인생이 행복하지 않다.

사실 행복과 불행은 이미 내 손안에 있다. 신은 우리에게 자신이 불행할 수도 있고 행복할 수도 있는 선택권을 주셨다. 남 탓? 그건 별로 중요하지 않다. 내 탓이 더 중요하다. 물론 사회구조적으로 정부 탓, 기득권 탓을 할 수 있다. 그것은 당연하다. 다만 실존적인 면에서 그렇다는 것이다. 사람이 말을 부려먹으려면 말에게 잘해주어야 한다. 먼 길을 가려면 잘 먹이고 잘 재우고 너무 괴롭혀도 안 된다. 하물며 평생 80~90년을 함께 가야 할 동반자인 자신에게 온갖 비난과 비웃음과 독설을 내뿜으면서 내가 잘되길 바라고 내가 잘 가길 바란다? 이런 사기가 어디 있는가! 자신에게 사기 치지 말자. 자신에게 정직하자. 자신에게 사기를 북돋워주자. 그만 괴롭히고 그만 욕하고 그만 비난하자. 이미 그랬던 것만으로도 충분하다. 마음의 멍이 너무 깊지 않았는가.

내가 나 하나 사랑한다고 세상이 이기적으로 변질되지 않는다. 내가 나 하나 멋있게 봐준다고 해서 사치라고 비난할 사람 아무도 없다. 내가 좋아야 한다. 내가 나를 좋아해주고 맘에 들어야 한다. 난 평생 약한 아토피가 있어 늘 피부를 긁어댔다. 누군가가 그런 내 모습을 보고 발라보라며 크림을 주어 발랐더니 신기하게 항상 가렵던 부위가 전혀 가렵지 않았다. 그때 깨달았다. 피부가 건조해서 그런

제4장 ♥ 온전한 나로 꽃피우기

거지, 내 피부가 지랄 같아서 그런 게 아니었구나. 내 피부에 크림 바른다 해서 세상이 악해지지 않는다. 이제 나 자신에게 너무 인색했던 과거를 묻어두고 싶다.

신기하게 나 자신을 편안히 생각할수록 욕심도 집착도 조금씩 사라지는 걸 느낀다. 먹는 것 덜 먹어도 배가 부르고 일을 조금 많이 해도 크게 피곤하지 않다. 좋은 화장품 안 발라도 얼굴에 생기가 돈다. 이것이다. 이 비밀을 몰라서 평생 개고생을 하며 살았다. 이 글을 보는 여러분은 그렇게 살지 마시라. 당신이 행복하게 살아도 세상이 불행해지지 않는다. 그리고 내가 없어도 세상은 잘 굴러간다. 나 아니면 절대 안 된다는 말은 하지 마시라. 여유를 갖고 살면 된다. 죽고 살 일이 아니다. 인간이 행복하다 해서 신이 불행해지지 않는다. 사람이 행복해야 신도 행복하시지 않을까!

때로는 마음도 체한다

고집 센 자들이 변한다고?

　기독교에서는 사람에게 원죄가 있다고 한다. 그 원죄가 뭔가? 여러 사람이 다양한 이야기를 한다. 나는 원죄의 몇 가지 측면 중 한 가지를 이것이라 본다.

　'똥고집'.

　상상할 수 없을 만큼 강한 고집을 사람의 원죄라고 본다.

　고집은 일종의 성향이다. 성향이란 기질처럼 타고나기도 하지만 후천적으로 관계를 통해 만들어지는 경우가 더 많다. 한 예로 형제 많은 집안의 셋째 아이는 부모님에게 인정받기 위해 열심히 무언가에 집중하고 자신의 리비도를 투여한다. 이런 고집은 애정 결핍을 창조적으로 바꾼 경우다. 이처럼 좋은 목표를 향한 성향이라면 흠이라고 할 수도 없지만 막무가내로 계속 우기는 성향이 있다면 정말 피곤하다. 그런 고집은 악(惡)에 가까워 보인다.

대개 그런 고집은 자존심이나 열등감과 깊은 관련이 있다. 사람은 누구나 자기 자존심이나 열등감에 걸렸을 때 고집을 부린다. 그리고 결과가 옳지 않다는 걸 알면서도 고집을 버리지 않는다.

사람이 죄를 지은 뒤 하나님이 아담을 찾으신다.

"아담 네가 어디 있느냐?"

신이 부르실 때 나가서 모든 것을 아시는 하나님께 '잘못했다'고 한마디 드리면 된다. 그런데 안 그랬다.

"벗었기에 두려워하여 숨었습니다."

변명했다. 내가 보기엔 그게 고집이다. 그냥 신 앞에 나오면 될 것을 나뭇잎으로 옷을 해 입고 하체를 가린다. 본래 벗고 있던 게 사람인데 벗었다고 신을 피한다.

상담을 해보면 이런 기막히고 어이없는 이야기를 자주 듣는다. 사람은 자기가 불행하면 반드시 그 불행을 현실에서 재현한다. 그런데 문제는 자기도 불행할뿐더러 가까운 가족, 특히 남편의 경우에는 아내와 자녀를 불행하게 '만든다'. 그들은 아무것도 모르고 그저 남편이니 변하겠지, 아빠니까 변하겠지 생각한다. 그렇게 참고 살다 보면 그럭저럭 살아가게 된다. 5년이 흐르고, 10년이 흐르고, 15년이 흐른다.

문제는 마음은 참지만 몸이 참지 못한다는 거다. 마음을 억압하면 몸이 울부짖는 법이다. 그 울부짖음이 각종 심인성 질환, 신체화 증상, 화병, 신경증 그리고 맨 마지막 단계인 암에 이른다. 상담해보면

제4장 ♥ 온전한 나로 꽃피우기

가장 무서운 성격이 책임감은 강한데 말이 없는 것이다. 감정 표현을 절대 하지 않는 사람, 속으로 감정을 삭이는 사람…… 정말 무서운 사람들이다. 그걸 일종의 개성이요 성격이라고 말하는 사람도 있다. 사람을 모르는 사람들이 그런 말을 한다.

사람은 거대한 순환 체계다. 들어오는 것(in put)이 있으면 나가는 법(out put)이 있는 법이다. 상수도가 있으면 하수도도 있는 법이다. 들숨이 있으면 날숨이 있는 법이다. 이 중 어느 하나를 막아놓으면 반드시 큰일 난다. 병이 나거나 사람이 죽을 수도 있다.

그런데도 막무가내로 고집을 부린다. 무섭다. 끔찍스러울 정도다. 사람이 자기 자신을 속이지 않는 일은 마음먹으면 쉬운 일인데 그런 마음을 먹지 않는다. 모든 마음의 병은 자기를 속이는 데서 나온다고 하지 않던가!

변하려면 자기가 어떤 상태인지 정확히 알아야 한다. 또 자기에게 내린 진단을 인정할 수 있어야 한다. 그리고 인정했으면 고치기 위해 용기를 내야 한다. 그 용기는 남이 아니라 내가 나와 싸워야 하는, 혹은 이해하고 훈련해야 하는 낯섦을 견뎌내야 한다.

이 중 어느 한 가지라도 소홀히 하거나 간과하면 자기 변화는 절대 일어나지 않는다. 오늘 노력한 사람은 내일도 노력하지만 오늘 노력하지 않는 사람은 내일도 노력하지 않는다. 그럼 변화는 없다. 변하지 않는 것에 투정 부리고 누굴 원망할 수는 없다.

상담을 하다 보면 속이 답답해지는 경우가 있다. 내 생각에는 절대 변할 것 같지 않은데 내담자들은 하나같이 그 사람이 변하길 기도하고 있다, 아니 노력하고 있다고 말한다. 물론 그런 노력과 기도가 때로는 필요하다.

그러나 내담자의 태도가 참으로 어리석다. 어리석을 뿐 아니라 거시적으로 보면 상대가 변화하지 않는 원인 중 하나를 제공했다. 그 사람에게 너무 맞춰준 것이다. 인격 장애인들은 스스로 변하려 하지 않는다. 왜냐하면 고집 센 인간들은 자기에겐 절대 문제가 없다고 생각하기 때문이다.

스콧 펙은 이런 말을 한 적이 있다. 신경증 환자 아내와 인격 장애인 남편이 있다면 아내는 늘 자신을 괴롭히고(잘하고 있는데도 늘 부족하다며 더 해야 한다고 스스로를 괴롭힌다), 남편은 끊임없이 타인을 괴롭힌다고. 정곡을 찌르는 말이 아닐 수 없다!

대학에서 15년째 강의를 하는데 내 클래스는 늘 150명이 넘는다. 그래도 늘 보는 학생들이어서 누가 일찍 오고 늦게 오는지 티가 난다. 집이 멀어 지각하는 아이들은 이해한다. 그러나 이유 없이 늦는 아이들이 있다.

어디 그뿐인가? 수업 시간만 되면 소곤거리며 신경을 건드리는 아이들이 있다. 한두 번 그런 것이 아니다. 이번 주에 지각한 학생은 분명 다음 주에도 지각할 가능성이 크다. 아침에 10분만 일찍 일어나면 제시간에 맞출 수 있을 텐데 그 시간만 되면 무언가를 하는 행동을 고치지 않기 때문이다.

사람의 고집을 잘 쓰면 장인 정신처럼 무얼 만들어도 자기 세대에서만 끝나지 않고 아들 손자 대까지 이어진다. 그런 고집은 참으로 훌륭하다. 다른 이들의 귀감이 된다. 그러나 장인 정신 말고 고집은 좋은 성품이 아니다.

내가 하고자 하는 말은 남편이나 아내, 가장 가까운 이가 고집이 세다면 절대 변하길 기대하지 말라는 것이다. 대신 내가 먼저 변하는 게 중요하다. 대충 변하면 안 되고 확실히 변해야 한다.

아끼는 제자 하나가 이번에 이혼을 했다. 사연을 들어보니, 남편은 결혼하고 나서 지금까지 한량이다. 조금 산다는 부모 의지해서, 아니 부모에게 기생해서 살아왔다. 부모란 사람들도 문제다. 자식에게 지나친 과잉보호를 한다. 며느리가 울면서 "어머니, 저 너무 힘들어요" 하면 잠시 공감하다가, "놀고먹는 것도 쉬운 게 아니란다. 네 남편도 얼마나 힘들겠니" 이런다.

1년 놀고먹는 건 이해한다고 하자. 10년 놀고먹는 걸 어떻게 이해하나. 그런 인간은 한마디로 개만도 못한 놈이라고 욕을 해주었다! 자기 아내는 일터로 내몰고, 집에 오면 설거지 그대로 둔 채 오직 게임만 하면서 먹고 마시며 10년을 보냈다고 한다.

난 그런 인간은 사람으로 안 본다. 왜 진작 이혼하지 않았느냐고 묻자 아이가 어려서 집 나오기가 어려웠다고 눈물을 흘리며 털어놓았다. 나도 그 부분이 마음 아팠지만 이를 악문 제자에게 위로와 격려를 했다.

사람은 징그럽게 변하지 않는다. 나는 처음에 정신분석 공부를 하면서 뭔 놈의 개인 분석을 열 시간도 아닌 100시간, 200시간을 받고, 또 1년 이상 상담을 하고…… 이게 뭐야 하고 생각했었다.

10년 이상 공부해보니 조금 알 것 같다. 사람의 본성, 고집, 성향, 성격이 절대 금방 변하지 않기 때문이다. 하긴 이런 말도 있다. 사람이 금방 변하면 죽는단다.

무엇이 가슴을 설레게 하는가

인생은 분명 우울한 구석이 있다. 그래서 신은 우리에게 우울을 극복할 자연 치료제를 주셨다. 우울의 반대는 웃음이나 기쁨이 아니라 '설렘'이라고 생각한다. 설렘. 살아 있다는 건 가슴의 심장이 뛴다는 것이고, 심장을 뛰게 하는 건 설렘이다. 나는 지금도 설렘 하면 고등학교 시절의 우표 수집하던 기억이 떠오른다. 시트가 함께 나오는 기념우표가 발행되는 날은 학교에 갔다가 수업 시작 전에 자전거를 타고 우체국으로 달려갔다. 시트를 손에 넣을 때에는 세상을 다 가진 듯한 기분이었다. 사실 그렇게 모은 우표의 지금 시세를 보면 1000원 단위에 불과한데, 그 시절 기념우표 시트는 막 오르는 주식과 같은 기분을 느끼게 해주었다.

아는 제자 하나가 메일을 보내왔다. 나이 스물에 그토록 하고 싶었던 발레를 시작했다는 것이었다. 무척 놀랐다. 그럴 수 있나? 발레를 하기에는 너무 늦은 나이 같다는 생각이 들었는데, 메일을 읽으면서 자신이 설레는 일을 하다 보니 3개월 만에 다리 모양을 일(一)자로 만들게 되었고, 배에 복근도 생기고 무엇보다 자신을 괴롭혀왔던 우울증이 씻은 듯 사라졌다는 것이었다. 상담으로도 약으로도 치료되지 않던 증세가 자신이 너무너무 설레는 일을 하면서 씻은 듯 사라졌다는 말에 나는 무릎을 쳤다.

"바로 이거다!"

그렇다. 우울을 치유하는 많은 방법 중에 가장 효과적인 것이 있다면 자기가 좋아하고 설레는 일을 찾아 미친 듯 그 일을 하는 것이다. 그럼 정말 시간 가는 줄 모른다. 심리학자 카를 융의 언어를 빌리면, 아주 강한 원형에 사로잡힌 것처럼 흥분 상태가 되면서 몸의 세포가 죄다 열리고 보통 때보다 열 배 이상의 에너지를 발산할 수 있게 된다.

나도 그렇다. 글을 쓸 때 영감이 터져나오면 내 독수리 타법이 엄청 빠르게 자판을 스친다. 그렇게 쓴 글은 다시 읽어도 신이 나고, 글이 살아 움직이는 듯한 느낌을 받는다. 생각을 짜내고 쓴 글은 깊이는 있지만 재미가 없는데, 설렘을 갖고 쓴 글은 재미도 있고 깊이도 있다. 이게 설렘이다.

'몰입'이라는 주제로 책을 펴내 세계적인 유명세를 탄 미하이 칙센트미하이는 매우 분명하고 강렬하게 행복의 정의를 내렸다. "행복이란 몰입이다!" 행복은 내가 원하는 일을 설렘으로 몰입하는 것이

다. 나는 신념과 신앙을 갖고 산다. 신은 모든 인생에게 흥분할 수 있고 몰입할 수 있고 설렐 수 있는 그 무언가를 하나씩 주셨다고 말이다. 그것을 찾지 못하거나 발견하고도 현실에 적용하지 못할 때 그 사람은 우울증에 사로잡힐 수 있다. 나는 내가 원하는 강의를 할 때 흥분이 밀려온다.

삶은 지루함과 우울함이 뒤섞여 있기 때문에 저마다 자기만의 우울함과 괴로움을 극복할 대안을 찾아야 한다. 누군 약을 먹고, 누군 상담을 받고, 누군 책을 보고, 누군 운동을 한다. 그러나 가장 좋은 약은 설렘이다. 자기 안의 설레는 목표를 이루지 못할 것이라 단정하지 않고 끊임없이 그 설렘을 따라가는 것. 그 일을 찾는 것이 우리 삶의 진정한 의미라고 믿는다. 억압된 것, 억지로 하는 것, 이를 갈고 분노하며 파괴하는 것, 신경질과 짜증, 이 모든 것은 자기만의 설렘이 무언지 깨닫지 못해 생겨난 존재의 신경증이다. 나는 무엇을 하면 가장 기쁜가? 나는 무엇을 할 때 가장 큰 보람을 느끼는가? 대단한 능력을 일컫는 단어가 카리스마다. 카리스마의 카리스는 기쁨이라는 말이다. 내가 기쁘게 할 수 있는 일이 내 능력이며, 그 능력을 사용할 때 세상은 우리에게 '카리스마'가 느껴진다고 말할 것이다. 아직 늦지 않았다. 무언가를 이루기보다 우선 설렘부터 찾아보자. 다시 말하지만 결코 늦지 않았다.

에디슨은 전구 하나를 발명하기 위해 9999번을 실패했는데 한 기자가 이렇게 물었다고 한다.

"어떻게 9999번을 실패하시면서도 계속해서 전구를 만들 생각을 하셨습니까?"

그러자 에디슨이 화를 냈다고 한다.

"뭐요? 이봐요, 9999번의 실패가 아니라 9999번의 시도가 있었던 거요. 나는 9999번 설레었고, 만 번째 그 설렘으로 전구를 만든 것이오!"

설렘으로 가득한 자에게 결코 실패란 없다. 설레는 시도가 있을 뿐이다. 나는 그 시도가 이 글을 읽고 여러분의 가슴에서부터 시작되길 소망한다. 꼭 이루시라! 이룰 수 있기에 설레는 것일 테니!

단 하루를 살아도

심리학자 에릭 번에 따르면, 인간은 누구나 부모로부터 받은 '각본'대로 자기 인생을 살아간다고 했다. 그냥 인생을 살아가는 듯싶지만 실은 아니다. 다들 연극배우처럼 주어진 각본을 마음에 담고 산다. 우리는 재방송을 싫어한다고 하지만 사실 우리의 부모가 저지른 실수와 우리가 저지르는 실수를 클로즈업시키면 어처구니없을 정도로 너무 닮은 모습에 망연자실할 것이다. 부모가 물려준 각본을 거부하고, 스스로 자기 인생의 각본을 쓸 수 있는 사람을 나는 '자기 인생의 영웅'이라 말하고 싶다.

인생은 셰익스피어의 말처럼 연극과 같다. 우리는 인생이란 무대 위에서 웃고 울고 화내고 슬퍼하며 살아가는 배우들이다. 그리고 누구도 영원히 그 무대의 주인공이 될 수 없다. 1막 1장이 끝나면 배우도 사라진다. 우리는 모두 배우다. 그리고 인생이라는 무대 위에서 길어야 100년, 짧으면 70년, 심지어 더 빨리 무대를 내려가는 사람들도 있다. 그러나 시간이 흐르면 누구든 그 무대 위에서 내려와야 한다. 무엇보다 중요한 것은 우리가 연기한 그 역할을 돌이킬 수 없다는 점이다. 그게 전부다.

사람은 누구나 늙는다. 늙으면서 맡는 역할이 있는데 나는 평생 억울하다고 말하는 피해자 역할이 있고, 나는 너무 외롭다는 외톨이 역할이 있으며, 모든 게 지루하고 허무하다는 허무형이 있다.

반면 내 삶은 살아볼 만했으며 그런대로 괜찮았다고 말하는 낙관자 역할이 있고, 삶 자체가 감사였다는 사람도 있다. 분명한 점은 어떤 역할을 하든 그것이 '내가' 만든 역할이라는 것이다.

어떤 사람은 이런 글을 보고 화를 낼지도 모르겠다.

"아니, 누구는 이런 역할을 하고 싶어서 합니까?"

그 말도 맞다. 인생의 진리란 결코 내 마음대로 되는 게 아니니까. 그래도 배우가 중요하다. 그리고 배우는 언제나 무대 위에 서 있고, 그 연극은 오래가지 않아 끝난다는 것이다. 그리고 시간이 흐르면 다른 배우가 내가 서 있던 무대 위에서 그만의 색깔로 다시 연극을 시작할 것이다.

생각해보자. 지금 내가 사는 집에는 100년 후에 누가 살지 생각해보았는가? 아마 집은 헐리고 사라질 것이다. 하지만 그 자리에는 누군가 와서 살아갈 것이다. 내가 가진 소유는 100년 후에 다 어찌 될까? 지금 내가 소유한 수많은 책들도 100년 후에는 거의 사라지고 없을 것이다.

100년 후에는 내가 아는 사람도 모두 사라질 것이다. 그러니까 나는 내 시대를 사는 것이고, 내게 주어진 역할을 하는 것이다. 연극은 각본대로 만들어진다. 그렇다면 지금 내 인생의 각본은 어떻게 쓰이고 전개되고 있는지를 스스로에게 물어보아야 한다. 그냥 살아가는 것이 아니다. 분명 각본대로 살아간다.

정신분석에서는 각본이라는 말 앞에 '무의식적'이란 용어를 붙인다. 무의식적 각본이 있다는 것이다. 따라서 무의식은 의식화시켜야 한다. 각본이 선명하지 않으면 배우는 그 각본을 제대로 파악하지 못하고 어물쩍 넘어갈 것이다. 그 결과, 흐리멍덩한 대사와 분명치 않은 대사로 청중을 짜증 나게 할 것이다.

내 각본은 무엇인가? 그 각본을 파악해야 한다. 내가 바라고 원하는 각본인지 아닌지 분명해야 한다. 내가 원하는 각본이 아니라면 스스로 각본을 고칠 줄 알아야 한다. 단 하루를 살아도, 단 하루를 연기해도 내 인생의 제한된 무대 위에서 이렇게 살아선 안 된다는 강한 결심이 필요하다. 그래야 각본을 고칠 수 있다.

의사이자 상담자였던 폴 투르니에는《모험으로 사는 인생》에서, 인생은 그 자체가 모험이라고 했다. 모험이기에 무슨 일이 터질지 알수가 없다. 안정 지향적인 각본을 가진 사람들은 두려움 때문에 이런 모험을 상상하지 못한다. 하지만 사람은 두려울 것이 없으면 이루지 못할 일이 없다. 결국 우리를 제한하는 건 두려움뿐이다. 신도 아니고 운명도 아니다. 그래서 인생은 언제나 용기 있는 자들의 몫이고,

용기 있는 이들만 사람들에게 박수를 받는다.

나도 내 인생의 무대에서 그렇게 박수 받으며 내려오고 싶다. 좋은 일을 하든 나쁜 일을 하든 자신의 행동에는 결과가 남는다. 그리고 결과는 기록이 된다. 하지만 좋은 일도 나쁜 일도 하지 않으면 아무것도 남지 않는다. 나는 존재한다. 그리고 나는 무(nothing, 無)가 되길 바라지 않는다.

존재감 가득한 무대 위에 내가 서 있고 여러분이 서 있다. 이제 남은 시간은 그리 많지 않다. 대본이 마음에 안 들면 버리고 내가 원하는 대본을 쓰면 된다. 인생에서 가장 중요한 것 중 하나가 후회하지 않는 일이다. 내가 선택한 걸 후회하지 않고 감사하고 스스로를 설득하면서 새로움을 만들어가는 일. 그것이 남아 있을 뿐이다.

때로는 마음도 체한다

나는 내가 참 좋다

　15년 전, 이야기 상담이라는 분야를 처음 접하고 공부할 때 오래 기억에 남는 내용이 있었다. 사람이 인생을 살아가면서 크게 네 가지 관점이 있는데 그중 하나가 인생을 아이러니의 관점으로 받아들이는 관점이다. 이러한 관점은 우리가 잘 아는 새옹지마(塞翁之馬)와 유사한 의미다. 인생의 길흉화복은 변화가 많아서 예측하기가 어렵다는 말이다.

　고향에서 부모님을 잃고 어린 나이에 고아가 된 친구의 동생은 서울에서 지인의 도움을 얻어 공부를 하고 나중에 학원을 차렸는데, 엄청난 대박을 쳐서 지금은 100억이 넘는 자산을 갖고 산다. 다만 그는 악착같이 성공하려 했기에 그 성공을 다른 사람과 나누려는 마음이 부족하다는 게 아쉬움이라면 아쉬움이다.

돈 많은 것이 성공한 인생의 지표는 아니다. 그러나 지금도 친구 동생의 어린 시절 모습이 너무 눈에 선해서 교육 방송이나 언론에 친구 동생이 보이면 너털웃음이 나곤 한다.

인생은 이처럼 예측이 불가능한 '예외'가 존재한다. 나는 인생이 살 만한 것이라고 긍정한다면 바로 이 '예외성' 때문이라고 생각한다. 사람은 자기 인생을 예측할 수 없기에 역동적으로 삶을 살아갈 수 있다. 내 인생이 5년 후, 10년 후 어떻게 될 것인지 다 안다면 그 사람이 노력하겠는가?

20년 전의 나는 지금의 나를 상상할 수 없었다. 나는 지금의 나에 만족한다. 비록 고정적으로 나오는 월급도 없고 안정된 교수, 목회 자리도 보장되지 않은 현실이지만 나는 지금의 내가 좋다.

그 이유는 내가 하는 일과 사역이 역설적이기 때문이다. 꿈이 꺾인 사람에게 다시 한 번 용기를 주고, 죽고 싶은 사람에게 살아볼 만한 힘을 주는 일을 하기 때문이다. 내가 그 힘을 주는 건 아니다. 나는 그 사람이 갖고 있는 능력을 재발견하도록 도와줄 뿐이다.

나는 영화 〈쇼생크 탈출〉을 참 좋아한다. 억울하게 갇힌 주인공이 긴 세월을 오직 탈출을 위해 준비한다. 영화 마지막에 주인공이 자가용을 타고 해변을 달리는 장면에서 울컥 눈물이 솟았다. 모든 걸 극복하고 여유롭게 친구 모건 프리먼을 만나기 위해 운전하는 팀 로빈스의 모습이 눈에 선하다.

성경에서는 인간을 무지하게 죄인으로 몰아댄다. 사도 바울 같은 사람도 우리 인간이 죄인이라고 엄청 강하게 주장한다. 그런데 이 모

든 주장은 마치 천둥 치고 벼락 치고 시커먼 하늘에 한 줄기 빛이 드리울 때 어둠은 배경이 되고 한 줄기 빛은 너무나 멋진 광경이 되는 것과 같다. 즉 죄가 더한 곳에 은혜가 더한 것이다! 죄를 내세우는 것은 죄를 강조함이 아니라 은혜의 은혜 '됨'을 강하게 주장하려는 일종의 수사학적 강조법이다.

난 기독교가 좋다. 불교도 좋아하지만 기독교에 더 큰 매력을 느낀다. 왜냐하면 죄인을 의인이라고 하는 하나님 때문이다. 어떻게 죄인이 의인이 될 수 있는가? 그런데 죄인이 의인이 된다. 이것이 역설이요 우리 인생 최대의 아이러니라고 생각한다. 가난한 사람이 로또에 당첨된 사실보다, 친구 동생이 100억 대 부자가 되었다는 사실보다, 죄인이 의인 되었다는 이 사실이 난 최고의 아이러니요 인간 존재의 새옹지마라고 생각한다.

나는 하루하루 하나님을 기대하고, 내 인생의 아이러니와 예외가 이뤄지길 바라고, 내 심장이 뛰어주길 기대한다. 나는 인생이 저주와 한숨과 절망으로 막을 내리지 않도록 막을 것이다. 나의 삶이 그렇게 무너지지 않도록 할 것이고, 내가 사랑하는 사람들의 삶이 그렇게 무너지지 않도록 막을 것이다. 그게 내가 살아가는 이유다.

때로는 마음도 체한다

사랑받는 강아지는 자기가 사람인 줄 안다

내 어린 시절에는 강아지를 반려견이라 부르지 않고 애완견이라 불렀다. 애완견(愛玩犬)의 완은 희롱할 완(玩)으로 말 그대로 가지고 논다는 의미를 지닌다. 그러므로 애완견에서 '따르고 벗하다'는 반려견(伴侶犬)으로 강아지의 격을 높인 것은 큰 의미가 있다. 아프리카에서 잡혀온 흑인들이 노예에서 인권을 가진 사람이 되는 과정과 유사하다. (백인들이 흑인들을 사람으로 보지 않는 증거 중 하나가 20세기 초 백인 사회를 연구하면 사회학이 되었지만 흑인 사회를 연구하면 인류학으로 분류하던 시대가 있었다.)

우리 집에도 딸아이가 몇 년간 모은 세뱃돈으로 생전 처음 데려온 몰티즈가 있다. 태어난 지 한 달밖에 안 된 강아지라 데려온 날 바닥에 내려놓자 바르르 몸을 떠는 것이 너무 연약해 보였다. (물론 지금은 너무 건강해서 탈이다.) 이후 식구들이 정성을 다해 강아지(크림이라 이름 붙여

제4장 ♥ 온전한 나로 꽃피우기

준)를 키웠다.

　개를 키우면서 느낀 좋은 점은 출퇴근할 때나 아침에 일어날 때 꼬리를 치고 가장 먼저 달려와 주인을 핥으며 반갑게 맞이해준다는 것이다. 뻘쭘하게 인사하는 자녀나, "다녀왔어요" 한마디 인사만 하는 아내보다 나를 반기고 있다는 표시가 한눈에 봐도 드러난다.

　원래 비염이 있어 강아지를 키우자는 딸아이의 부탁을 처음엔 거절했다. 하지만 나 역시 어린 시절부터 강아지를 좋아한 터라 비염을 무릅쓰고 허락했는데, 이제는 가족 중에서 가장 강아지를 아끼고, 강아지와 가장 친밀한 상대가 되고 말았다.

　강아지를 키우다 보면 가장 큰 문제가 대소변이다. 대소변 훈련을 잘 시켜야 골치 아프지 않다. 그래서 수의사의 지시대로 '응가'를 함부로 여기저기 싸도 큰 소리로 혼내지 않고 기저귀에다 배설한 응가를 올려놓은 후 "크림아, 요기에 응가해야 해. 알았지? 요기에다가. 알았지?" 이렇게 몇 번 반복해서 말을 해주었다.

　처음에는 대소변을 가리지 못해 고민했는데 2개월이 지나면서 제대로 가리기 시작했다. 또 잘못했을 때 때리거나 큰 소리로 혼내거나 욕을 하면 개가 평생 눈치 보면서 수동적 공격성이 강해진다는 말(예를 들면 주인 앞에선 눈치를 보다가 다른 곳에서 응가를 하거나 말썽을 부리는 행위)을 듣고 속상해도 참고 기저귀에 볼일을 보면 반드시 머리를 쓰다듬어주고 먹이를 주는 훈련을 시켰는데 지금은 주인이 원하는 대로 행동한다.

　수의사가 말한 것 중 가장 내 마음을 건드린 대목이 "강아지를 자주 혼내면 애가 평생 사람 눈치 보는 강아지가 됩니다"라는 말이다. 순간 수의사의 말이 강아지가 아닌 사람 키우기의 법칙으로 내 귀에 들렸다. 나도 자주 혼나면서 성장한 데다, 상담을 하다 보면 나처럼 자주 혼나면서 성장한 사람들이 신경증과 강박증 같은 심리적 질병으로 찾아오는 경우를 흔히 보기 때문이다.

'혼내다'는 말은 '혼이 빠져나가는 듯하다'는 의미가 있다. 혼을 정신으로 번역하면 정신 줄 놓을 것 같다, 정신이 하나도 없다로 바꿔 쓸 수 있다. 그렇다, 어린아이를 너무 혼내면 정신없는 아이, 정신 줄 놓은 아이가 되어버린다.

그런 아이의 눈빛을 본 적이 있는가? 그런 아이들은 눈을 마주하는 순간 벌써 시선을 내리깔거나 시선을 피한다. 한마디로 시선이 불안하다. 뭔가 당당하지 못하고 우물쭈물하는 모습을 보여준다. 혼내고 키운 아이의 특징이 여실히 드러나는 장면이다.

그런데 우리 집 크림이는 단 두 달을 키웠을 뿐인데 시선이 건강하고 당당하다. 요즘에는 쓰레기통을 뒤진다든지 아무 데나 '쉬'를 하거나 낯선 사람이 들어올 때 너무 짖어대면 큰 소리로 혼을 내는데 우리 가족 누구에게도 밀리지 않는 기(氣)를 갖고 짖어댄다. 그만큼 자기 존재감(?)에 대해 당당하다.

크림이를 통해 사랑받고 자란 강아지는 자기의 존재감으로 인해 고민하지 않는다는 걸 배웠다. 사랑받지 못하고 인정받지 못하고 또 자주 혼나고 많이 혼나고 자란 아이들은 항상 자기 존재감을 고민한다.

'왜 살아야 하나?'

'나는 살아갈 가치가 있을까?'

'난 이 세상에 무얼 남기고 갈 수 있을까?'

'인간은 어디서 와서 어디로 가지?'

'죽으면 어떨까?'

어린 시절부터 지나치게 철학적이고 종교적인 질문을 던진다.

사실 남의 이야기가 아니라 바로 내 이야기다. 내 어린 시절의 별명이 미친 철학자였다. 예를 들면 벽을 보고 뭐라 뭐라 이야기를 하거나, 비 오는 날 일부러 찢어진 우산을 쓰고 등교한다거나 맨발로 운동장을 뛰어다니거나 위험한 모서리에 누워 있는 행동을 하곤 했다.

지금 생각하면 그렇게라도 친구들과 선생님의 관심을 받고 싶었고, 친구들과 어울리기보다 나 혼자 뭔가 이상한 것을 추구하는 성향을 보이곤 했다. 돌이켜 생각해보고 그동안 공부한 애착 이론 등으로 나를 분석해보면 그런 행동 뒤에 삶에 대한 깊은 서러움이 스며 있었음을 느낀다. 즉 바라고 원하는 만큼의 사랑과 인정이 채워지지 않은 아이는 그만큼 자기 존재감으로 고민할 수밖에 없다. 그리고 그런 존재감은 사춘기를 지나 청년기로 들어갈 때 만들고 성취해야 하는 심리적 정체성에 영향을 준다.

난 평생을 자의식, 자존심, 자존감, 자아상의 문제로 고민하며 살아왔다. 그리고 뭔지 모를 우울감으로 고생했고, 자주 한숨을 쉬는 습관을 갖고 살았다. 세월이 약이라고 했던가, 이제 그런 내 모습과 이유와 원인을 알 것 같다. 짧은 기간 강아지 한 마리를 키우면서 내 모습을 강아지에 투사하고 반성하면서 내 지난 삶을 돌이켜본다. 그리고 너무나 당연하고 평범한 말이지만, 사람은 어린 시절 마음껏 사랑받고 인정받고 자라야 함을 다시 한 번 확신한다.

내가 아는 교수님 한 분은 지나치게 독선적일 만큼 당당하다. 자기주장이 틀려도 굽히지 않고, 자기가 왜 그런 말을 했는지 우격다짐으로 말해 주위 사람들이 싫어하기도 하지만 오히려 그런 독특한 성격에 매력을 느끼기도 한다. 나는 개인적으로 그분의 당당함이 매력적으로 느껴졌다. 내 안에서는 도무지 발견할 수 없는 성격 때문이다.

그분의 어린 시절을 짧게나마 들었다. 대가족 안에서 성장했는데, 본인 말로는 중학교 때까지 자기가 왕이었다는 것이다. 손주가 귀한 집안이라 할아버지가 항상 자기를 치켜세워주셨고, 자기가 무슨 말을 하면 가족들이 하인처럼 자기를 섬겼다고 했다. 꼬마 왕으로 자라서인지 그분과 대화를 나누다 보면 완벽주의나 열등감이나 눈치가 조금도 느껴지지 않는다. 다 이유가 있었던 것이다.

사랑받는 강아지가 존재감을 고민하지 않듯 사랑받고 자란 아이 역시 존재감을 고민하지 않는다. 아이가 조금 실수해도, 아이가 조금 잘못해도, 아이가 조금 버릇없게 굴어도 그럴 수 있다는 마음으로 품어주고 천천히 올바른 것을 이야기해도 늦지 않다. 실수했다고 소리치고, 잘못했다고 매를 대고, 버릇없게 굴었다고 잔소리 폭탄을 날리면, 단언컨대 그 아이는 평생 남의 눈치 보며 자존심 상한 얼굴, 우울한 얼굴로 자신의 존재에 대한 이상한 고민 속에 살다 죽을 것이다.

사랑을 주자. 희망을 주고 용기를 주자. 품어주자. 참아주고 설득

하자. 그렇게 키우면 아이의 얼굴에서 자신감과 당당함과 창의적인 아우라가 흘러나올 것이다. 늦었지만 이런 사실을 깨달은 것이 감사하기만 하다. 그래서 강아지 크림이가 더 사랑스러운지도 모르겠다.

때로는 마음도 체한다

정말 인생이 행복하길 원한다면

　누구나 자기 인생이 행복하길 바란다. 그런데 여기까지만 하니 문제다. 바라기만 해선 행복할 사람이 없기 때문이다. 정말 인생이 행복하길 원한다면 '결심'해야 한다. 행복해지기로 결심하고, 행복하게 살기로 결심하고, 행복을 느낄 때마다 정말 행복하다고 말하면서 춤춰야 한다. 그래야만 행복해질 수 있다. 언젠가는 저절로 행복하겠지, 라는 생각은 하루빨리 고치는 게 중요하다. 왜냐하면 그 '언젠가'가 쉽게 나타나지 않기 때문이다.

　어찌 보면 인간은 자기 인생의 주체가 되는 것을 두려워해서 인생을 수동적으로, 운명이 이끄는 대로(그렇게 사는 것을 '팔자'라고 한다), 일이 닥치면 닥치는 대로 수습만 하고 살았지, 자기 의지를 갖고 먼저 나서서 자기 인생을 잘 꾸며보고 싶다는 결심을 전혀 하지 않고 사는

사람들이 의외로 많다. 그것도 일종의 삶의 게으름인데, 그런 게으름도 심리학에서 보면 나르시시즘에 해당한다.

사람은 누구나 자신만의 항상성(homeostasis)을 지니고 산다. 항상성은 의학 용어다. 우리 몸의 체온은 36.5도를 일정하게 유지한다. 이 온도가 떨어질 때 병이 온다. 모든 병은 체온이 떨어지는 데서 시작된다. 마음도 그런 항상성이 있다. 나는 항상성을 '항상 늘 그래야만 하는 경향성'이라고 여겨, 환경이 나빠도 그 환경에 자신을 방치해둔다. 아니, 나쁜 환경에 오히려 자신을 맞춰 살아가는 적응력을 키운다.

그런데 너무 적응만 하다 보면 사람은 창의성은 물론이고 도전 정신, 실험 정신 다 잃어버린다. 그저 만사가 귀찮은 '귀차니즘'의 매너리즘에 갇혀버린다. 한데 그럴수록 우리의 마음속에는 꿈과 비전이 사라지고 망상과 멍 때리기의 잡념만 무성하다. 그렇게 살다 보면 자꾸 마음이 허망해지고 한숨만 늘어난다. 내가 그랬다. 그리고 지금도 그런 점을 극복하려고 애쓰며 살아가고 있다. 그러나 한 가지, 그것을 극복할 대안은 마련해놨다. 바로 감탄하는 것이다. 말을 하는 것이다. 원하는 음식을 먹고 맛이 있으면 "아~ 참 맛있다!" 하고 내 입으로 말을 한다.

그래야 우리 뇌가 그걸 듣고 '아, 맛이 있어서 참 좋구나' 하고 반응한다. 원하는 책을 구입했을 때 "아 참, 안 그래도 이 책 보고 싶었는데 구해서 참 좋다" 하고 말한다. 내가 나 자신에게 표현하는 것이다. 그래야 내가 즐겁고 행복하다는 걸 스스로 확인할 수 있다. 그런 방법으로 우울하고 무기력한 나 자신을 길들이는 것이다. 이 기법들을 단순하다고 무시하지 말기 바란다. 왜냐하면 이런 감탄과 감사가 모이고 모여 삶을 즐겁게 만들기 때문이다.

문화심리학자로 알려진 김정운 교수는 행복이 다른 것이 아니라 자기가 즐거웠던 시간의 총량이라 했는데, 그 말에 깊이 동의한다. 우리의 하루는 24시간이다. 그 24시간 중 식사할 때 즐거웠다면(난 식사를 90분 정도 하니) 90분이 즐거운 것이고, 책을 보며 지적인 자각을 통해 인식의 범위를 넓히는 시간이 한 시간이라면 그 한 시간 동안 즐거운 것이다. 21시간 30분이 불행한 것은 아니었어도 오늘 하루 중 2시간 30분, 즉 150분은 내가 원한 것을 누리는 즐거운 시간으로 채운 것이다. 그리고 하루를 돌아보면 그 시간이 내겐 행복한 시간이라는 결과로 남는다. 이런 즐거움이 쌓여야 행복해질 수 있다.

행복도 연습이다. 오늘 행복하지 않은 사람은 내일도 행복할 수 없다. 최근에 깨달은 것 중 하나가 누구든 스스로 행복하고 만족스럽지 않으면 이 세상 어느 누가 그 사람에게 행복을 주고 만족을 준다 해도 그 사람은 결코 행복하거나 만족할 수 없다는 것이다. 자기가 행복하지 않은데 누가 행복을 준다 해서 행복해질 수 있다는 말인가?

행복이 왜 중요하냐면 하루에 어느 정도는 행복해야 삶의 낙(樂)이 있고 삶에 대한 의욕이 살아나기 때문이다. 삶의 의욕과 낙이 있어야 인생에서 필연적으로 겪을 수밖에 없는 우울함과 우울증을 극복할 수 있기 때문이다.

우리는 누구나 어느 정도 우울하다. 이 우울을 전부 없애고 살아가

때로는 마음도 체한다

는 사람은 없다. 우울을 견디면서 우울과 함께 살아갈 뿐이다. 그러려면 힘이 있어야 하는데 그 힘이 바로 인생의 낙과 삶에 대한 의욕이다. 사람은 우울해지면 본능적으로 변한다. 사람이 과하게 음식을 먹거나, 과하게 술을 마시거나, 과하게 자거나, 과하게 무언가에 중독되거나, 섹스와 자위 등 성에 심취하려 드는 건 그 근원이 우울해서다.

사람은 누구나 나이를 먹으면서 우울해질 수밖에 없다. 때문에 꾸준한 운동이 중요하다고 하지만 운동을 매일매일 하지 못하는 많은 사람들이 나이를 먹어가면서 어쩔 수 없이 우울해지는 마음을 견디지 못한다. 그래서 나이 들수록 다른 사람들과 어울리려는 공동체 정신도 중요하지만, 자신의 참자기를 찾아가는 자기 탐구와 자아실현의 과제가 더 중요해지는 것이다.

그런데 평소 남들과 어울려 살 줄만 알았지 참된 자기를 찾아가거나 알아가는 공부를 해본 적 없는 이들은 그런 과제들이 중요하다는 걸 알면서도 어떻게 해야 할지 몰라 모든 것이 낯설기만 하다. 그런 낯섦을 경험하는 것은 정상적 심리다. 누구나 그렇게 산다. 그런 낯섦을 견뎌내고 정말 자신의 참자기를 찾아 행복할 수 있다는 신념을 가져야 한다. 마음의 중심을 잡으면 인생은 살아볼 만한 것이 된다. 비록 우울하고 힘들고 고달프지만 말이다.

하지만 그렇게 결심해도 작심삼일로 끝난다고 말한다. 그러나 걱정 마시라. 작심삼일을 극복하는 방법이 있다. 3일에 한 번씩 다시 결심하는 것이다. 그렇게 열 번, 백 번만 하면 나중에는 심리적 원심

력에 의해 저절로 행복의 발전기가 돌아갈 것이다. 모든 것은 습관이다. 성향이다. 사람 하기 나름이고, 훈련하기 나름이다. 그 훈련의 뿌리는 사랑이 되어야 한다. 이것은 《아직도 가야 할 길》의 저자 스콧 펙이 주장한 말이다. 정말 자기 삶을 사랑하고 자기 몸을 사랑하고 자기 주변 사람을 사랑하고, 무엇보다 힘들지만 자기 운명을 받아들이고 자기 한계와 연약함과 결점까지 사랑할 줄 아는 건강한 나르시시스트가 되어야 한다.

나는 얼마 전에 나 자신에게 이런 결심을 했다.

'나, 정말 행복하게 살아볼 거다.'

평생 이런 생각, 이런 결심은 해보질 않았다. 그래서 아직도 돈이 있고 뭔가를 사야 즐거운 줄 안다. 행복에 관해서라면 유치원 수준도 못 된다. 돈이 없어 살 것을 사지 못해도 행복할 수 있는 길, 내 성향에 맞는 맞춤식 행복. 그 행복을 결심해야 한다. 그냥 행복해지는 일은 없다.

아픈 만큼 성숙해진다

때로는 유행가의 한 구절이 철학서보다 더 통찰력 있는 경우가 있다. 바로 〈아픈 만큼 성숙해지고〉라는 노래다. 아파야 성숙해진다. 그럼 안 아프면? 당연히 성숙은 오지 않는다. 삶의 문법은 고통이다. 그리고 세상에는 그 고통을 인정하고 살아가는 사람, 그러니까 "삶은 어차피 고통스러운 거야"라고 전제하는 사람과 자기 삶에 절대로 고통이 있어서는 안 된다고 우기는 사람, 이 두 종류가 있을 뿐이다.

《아직도 가야 할 길》의 저자 스콧 펙에 의하면, 삶을 고통스러운 것으로 전제하는 사람은 인생에 고통이 닥쳐와도 크게 놀라거나 당황하지 않는다. 인생이 원래 그런 것이므로. 반면 자기 인생에는 고통이 없어야 한다면서 고통을 피하는 사람은 평생 삶이 고통스럽다고 말한다. 인생의 본질이 고통인데 본질을 외면하며 살기에 급급하다.

제4장 ♥ 온전한 나로 꽃피우기

우리에게 삶은 고통으로 시작된 변주곡이다. 출생 자체가 고통인데다, 태어나자마자 낯선 환경에 놓인 채 한 번도 겪지 못한 배고픔과 온도의 차이와 양수에서 빠져나와 내던져진 이상한 느낌들, 이 모든 것이 아기에게는 고통이 된다. 아기는 분명 연약한 존재다. 그러나 더 중요한 건 이미 세상에 태어났다는 것이다. 태어난 아기도 태어난 자로서의 몫이 있다. 그 몫은 자기 몸으로 부딪치는 고통에 대해 느끼고 이를 판단하는 것이다.

정신분석가 윌프레드 비온은 오랜 기간 정신증 환자들을 다뤄오면서 우리가 보지 못하는 측면을 이야기한 적이 있는데, 정신증 환자들은 어린 시절 자신에게 할당된 고통을 겪지 않으려고 도피한다는 것이다. 사실 고통을 겪어야(경험해야) 새로운 단계의 정서나 인식의 단계로 나아갈 수 있는데, 정신증 환자들은 고통에 대한 좌절의 반응으로 도피를 이용한다는 것이다. 때문에 정서적 고통을 겪으면서 채워야 할 정서의 저장고가 망상과 좌절로 인한 회오리의 세계를 끝없이 겉도는데 이것이 정신증적 증세를 불러온다고 한다. 그 결과, 그들은 생각하기를 싫어한다. 생각하는 일이 자신의 연약한 자아를 침범하는 불안의 요소가 된다고 느끼기 때문이다.

고통을 통한 경험이 아기를 새로운 세계로 인도하는데 그 세계로 나아가지 못하는 건 자기 안에 좌절이 만들어낸 무시무시하고 끔찍한 망상의 질서를 고집하기 때문이라는 것이다. 이런 사람들은 자기 자신을 성찰할 능력이 없다. 그리고 누군가가 대신 자신이 되어주길 기대한다. 때문에 그런 사람이 나타나면 집착하는 것이다.

어릴 적, 부정적 인생관을 갖고 살았을 때 나는 존재하지 말았어야 할 인간이라는 자학을 많이 하고 살았다. 그때는 나라는 존재의 몸무게와 부피, 내 몸에서 나오는 대소변 모두 혐오스러웠다. 그렇게 얼어붙은 내 몸에 삶의 약동이 느껴지는 순간, 나는 몸이 스스로 오열하는 것을 보았다. 내 삶의 대전환이 된 시기는 1991년 자살 시도를 할 때다. 자살을 결심하는 순간, 나는 난생처음 살고 싶어 하는 생명의 충동을 느꼈다. 절벽 아래로 뛰어내리려고 허공에 발을 내미는 순간, 본능적으로 살아야겠다는 충동이 강렬하게 살아나는 것처럼 말이다. 그러나 동시에 형언할 수 없는 깊은 서러움이 밀려왔다. 그 두 가지 감정을 느끼는 순간, 아파트 난간에 올라섰던 다리에 갑자기 힘이 풀렸다. 그리고 그 자리에 고꾸라져 큰 소리로 울고 말았다. 그건 내 마음이 우는 게 아니라 내 몸이 우는 것이었다. 그때 내 몸이 떨렸다. 몸이 마음보다 더 정직하게 내 생명에 반응하는 것을 보았다. 내 마음은 여전히 우울하고 먹구름으로 가득했지만 아파트 난간에 발을 올려놓은 순간, 내 심장이 두근두근 긴장하며 뛰는 소리를 들었다. 마음은 10층 아파트 바닥에 곤두박질쳐 있었지만 내 몸은 본능적으로 위험한 행동에 여전히 살고 싶은 반응을 보인 것이다.

지금의 내가 그때보다 자랑스러운 건 단 하나다. 고통을 고통으로 마주할 수 있는 배짱이 생긴 것이다. 그것만 미리 알았더라면 영어 공부도 피하지 않았을 것이고, 그토록 하고 싶었던 운동 역시 더 잘할 수 있었을 것이며, 지금보다 더 큰 세상을 살아갈 수 있지 않았을까 하는 아쉬움이 남는다.

때로는 마음도 체한다

삶의 고통은 버리고 피할 것이 아니라 나를 더 나은 세계로 인도하는 길잡이임을 깨닫는다. 남자들은 입대할 때 군대 간다는 말 대신 '끌려간다'고 한다. 그러나 제대한 사람에게 군대가 어떤 곳이냐고 물으면 대부분 두 번 가야 할 곳은 아니지만 한 번은 가봐야 할 곳이라고 말한다. 원하지 않게 끌려가서 난생처음 원하지 않는 일을 해본다. 한데 그런 낯선 경험들이 자신을 새로운 차원의 삶으로 이끌어간다. '내가 이런 일도 할 수 있었구나' 하는 자신감을 깨닫고 스스로에게 놀라기도 한다.

그렇다고 내가 고통을 즐기거나 원한다고 생각하지는 마시라. 다만 고통에 담담하게 마주할 수 있다는 것으로 나는 나 자신에게 격려할 뿐이다. 한 번도 감기에 걸리지 않은 사람이 급사할 확률은 감기에 걸리는 사람보다 높다고 한다. 고통스럽고 힘든 것은 가만히 마주할 때 나에게 말을 건넨다. 다만 우리가 정직하지 못해서 그 말을 끝까지 거부한다는 게 문제다.

고로 고통은 외부에서도 오지만 스스로 만들기도 한다. 고통을 제대로 경험하지 못하는 자는 고통을 겪게 된다. 하지만 고통을 제대로 겪는 자는 이를 통해 경험이 이끄는 새로운 차원으로 나아간다. 그래서 삶은 언제나 역설이고 새로움이다.

제4장 ♥ 온전한 나로 꽃피우기

삶 그 자체가 자기 치유의 드라마

삶은 그 자체가 자기 치유의 드라마다. 예를 들어보자. 어린 시절 엄마 젖을 충분히 빨아보지 못한 남자가 있다. 그는 늘 담배를 끊지 못해 고민이다. 끊어야지, 꼭 금연해야지 하면서도, 담배가 몸에 해롭다는 것을 알면서도 좀처럼 끊지 못한다. 특히 마음이 허전하고 외로울 때 그는 어김없이 주머니에서 담배를 찾는다. 담배가 결코 좋은 것이 아니지만 그는 자기가 어린 시절 받지 못한 엄마의 젖가슴과 젖꼭지를 대신하는 담배를 빨면서 뭔지 모를 아늑함을 느낀다.

역시 남자의 이야기다. 이 남자는 '야동'에 심취해 있다. 하루에 밥은 걸러도 야동은 반드시(?) 봐야 한다. 그래야 편안함을 느낀다. 그가 아내 몰래 휴대전화에 저장한 야동의 주인공은 하나같이 가슴 큰 여자들이다. 젖가슴이 큰 여자들과 성관계하는 장면을 보면 이 남자

때로는 마음도 체한다

는 희열을 느낀다. 성욕의 만족만 있는 게 아니다. 희열이다. 글을 보는 분들은 눈치챘을 것이다. 그는 어린 시절 역시 엄마의 젖을 한껏 누려야 할 시절에 엄마의 젖이 나오질 않아 여기저기 가슴 큰 보모들에게 젖동냥을 해야 했다.

우리 삶은 늘 그런 것 같다. 물론 내 관점이 틀릴 수도 있다. 하지만 내가 만나본 사람들 그리고 누구보다 나 자신을 보아도 그렇다. 소아정신과 의사였던 위니컷은 아기들이 3~4개월부터 엄마가 있고 없음을 알아차리는데 엄마가 없을 때 느끼는 불안감을 극복하기 위해 중간 대상을 만든다고 한다. 주로 베개, 이불, 담요, 수건, 곰 인형 등이다. 위니컷에 의하면, 아기는 엄마의 부재라는 불안감을 치유하기 위해 누가 가르쳐주지 않아도 그런 물건에 의미를 부여하고 자신을 위로한다는 것이다. 그게 사람이다.

사람은 결코 상처받는 것으로 그냥 끝나지 않는다. 반드시 상처를 치유하려고 몸부림친다. 누군가에게 상처를 받으면 한없이 분노한다. 하지만 그 분노 역시 애도하지 못해 생긴 병리적 반응이다. 분노를 폭발시켜서라도 자신의 억울함을 풀고 싶어 하는 것이다. 그것도 치유의 과정이다. 단, 치유 과정이 너무 미숙하고 거칠다는 것이 문제라면 문제다. 누군가에게 욕을 하고, 분노를 터뜨리는 것 모두 다 미숙하지만 치유의 과정이다. 단, 누군가를 폭행하고 괴롭히고 죽이는 행위는 아니다. 그건 복수이지 치유라고 볼 수 없다.

우리의 삶을 보면 모든 것이 그렇다. 허전하면 채우려 하고, 그리우면 만나려 하고, 아프면 나으려 하고, 고통스러우면 평안을 추구한

다. 그게 사람이고, 그게 삶이다. 인생의 모든 과정이 자기 치유 과정이지만 그 과정을 성숙하게 푸느냐 미숙하게 푸느냐의 차이가 있을 뿐이다. 마음이 아픈데 그 아픈 마음의 이유와 해결을 찾으려고 점쟁이나 무당을 찾다가는 치유는커녕 돈만 날릴 수 있다. 병원에 가서 의사에게 진단받으면 쉽게 풀릴 문제를 이 사람 저 사람 이상한 돌팔이를 만나 오진만 받아서 몸이 더 망가지는 것과 유사하다.

삶 자체가 치유의 드라마라면 차라리 성숙한 방법으로 자기를 치유하는 편이 낫다.

담배를 피우면서 구강기에 결핍된 모성애를 대체하려 하지 말고 왜 담배에 의지하게 되었는지를 살펴보고 분석하는 일이 훨씬 더 효율적이다. 야동에 빠져 살아가는 것보다 성숙한 사랑이 무엇인지를 고민하는 편이 더 낫다. 아기에게는 곰 인형이 엄마의 부재를 견디는 위로의 대체물로 필요하지만 성인이 되어서도 곰 인형을 붙잡지 않고는 하루라도 제대로 삶을 살아갈 수 없다면 어딘지 이상한 모양새가 될 것이다.

치유의 매듭을 지어주는 것, 그것이 바로 '애도의 힘'이라고 생각한다. 난 고통스러운 중·고등학생 시절을 보냈다. 그 시절이 너무 한 맺혀 그때의 나를 애도하며 떠나보낼 수가 없었다. 그러다 보니 그 시절에 이미 겪었어야 할 상처들이 늘 무의식 언저리에서 맴돌다 뭔가에 자극받으면 그토록 나를 괴롭혔던 것이다. 이제 난 중학생도 고등학생도 아니다. 따라서 그런 과거를 어느 정도 정리하고 애도하며 떠나보내야 한다. 그것이 되지 않으니 상처의 악몽 속에 갇혀 지

제4장 ♥ 온전한 나로 꽃피우기

내는 것이다.

어느 정도 내면이 정리되고 치유된 후 방 안 정리를 하다 먼지가 수북이 쌓인 중학교 졸업 앨범을 보게 되었다. 흑백 사진의 까까머리 변상규. 눈빛 속에서 슬픔이 읽혔다. 오랫동안 외면하고 싶었던 슬픔을. 늘 혐오스럽게 여기던 중학교 시절의 '나'가 너무 불쌍해 보였다. 그런 적이 한 번도 없었는데 그날은 그랬다. 옛 기억들이 하나둘 떠오르면서 나는 앨범을 끌어안고 방 안을 뒹굴며 울었다. 슬퍼서 울었고 안쓰러워 울었고 돌이킬 수 없어 울었고, 내 안의 중학생을 위로하고 싶어 울었다.

인생은 고통의 연속이지만 돌이켜보면 자기 치유가 제대로 되지 않을 때 계속 아픈 것이다. 아프면서 성장하고 성숙하는 게 인생이지만 너무 아프게 성장한다면 그것은 성장 이전에 상처가 너무 깊거나 치유가 너무 얕은 것이다. 그런데 참으로 아이러니한 사실은, 그렇게 자기 치유가 거의 완성되면 세상 떠날 때가 가까워진다는 것이다. 그러나 억울하지는 않을 것이다. 살아온 고통의 나날들이 치유된 것만으로도 삶은 그래도…… 아름다웠다고 고백할 수 있기 때문에.

인생의 주체로 우뚝 서라

우리나라의 점쟁이와 무당 인구가 대략 50만 명이라고 한다. 이들은 마치 떡밥을 던진 낚시꾼처럼 마음 약한 사람, 사업에 실패한 사람, 문제 많은 사람을 기다린다. 그리고 두려움을 갖고 자기 인생에 자문을 구하는 이들에게 점을 치고 관상을 보며 "당신 인생은 이럴 것이다 저럴 것이다" 위협도 하고 훈시도 한다.

마음 여린 사람들은 점쟁이나 무당을 통해 자기 운명을 듣고 정말 그런 줄 알고 '믿는다'. 미치고 환장할 노릇이다. 자기 운명을 남에게 듣고 믿다니!

사람은 누구나 마음이 약해지면 자신의 삶을 탓한다. 그리고 자신을 끝없이 희생자로 내몬다. 그리고 이렇게 된 것이 누구의 탓 혹은 운수, 운명, 생일 등 여러 가지 조건들을 내세우며 고통의 '원인'을 찾는다.

한데 그렇게 생각하고 판단하고 살다 보면 자신의 존재가 한없이 작고 나약하고 못나고 하찮게 보인다. 아니, 좀 더 정확히 이야기하면 스스로 그런 존재로 만드는 것이다. 자기 이미지를 다르게 만들 수도 있는데 그런 식으로 '만든다'.

사람은 누구나 그런 것 같다. 마음이 치유되고 편안함이 자리 잡으면 여유가 생긴다. 그 여유는 자신을 새롭게 볼 수 있는 멋있는 창이 되고 관점이 된다.

그러나 마음이 치유되지 않은 사람들은 항상 쫓긴다. 누가 쫓아오지도 않는데 늘 마음이 초조하다. 그리고 뭔지 모를 박탈감을 느낀다. 그리고 자기 인생의 피해자로 스스로를 낙인찍는다. 삶이 안정적이지 않다고 생각한다. 아니, 그렇게 생각된다. 그럼 운명을 생각하게 되고, 자기 운명이 더 큰 불행으로 갈 것 같아 두렵다. 그래서 점을 보고 무당을 찾아가는 것이다.

기독교는 독특한 종교다. 왜냐하면 모든 종교들이 하나같이 운명이나 업보를 논하는 데 비해 기독교는 그런 것을 인정하지 않기 때문이다. 기독교는 고대 운명론을 거부하는 데서 시작했다. 구약성경을 보면 히브리인의 신 '야훼'께서 무당과 점치는 자들을 죽이라는 명령이 나온다. 야훼 신은 운명을 점치는 자들을 미워했다. 왜냐하면 그들이 잘못된 말과 두려움과 위협으로 사람들을 불안하게 만들어 우상에게 이끌었기 때문이다.

상처받은 사람들은 자기 삶의 희생자로 자신을 낙인찍는데, 이제

때로는 마음도 체한다

는 그만하자. 나나 당신은 삶의 주체다. 희생자에서 주체로 서라. 주체로 서면 처음엔 아찔할지 모른다. 아기가 맨 처음 서서 걸음마를 하게 되면 너무 신기해한다.

'내가…… 걷네!'

그러나 아이는 자신의 걸음마가 엄마와의 분리를 의미한다는 것을 자각하고 주저앉는다. 이런 양가감정, 걷는 데서 오는 주체성과 엄마와의 헤어짐에서 오는 분리감, 이 두 가지 감정을 아기는 갈등으로 느끼다가 결국은 걷는 쪽을 택한다. 걸음의 주체가 되는 것이다. 그것은 잠시 분리라는 아찔함을 경험했지만 걸음마라는 선택을 통해 자신의 변화를 받아들였음을 의미한다.

주체가 되는 일, 자기 인생의 희생자에서 주체가 되는 일은 아찔함을 동반한다. 그러나 잠시 그럴 뿐이다. 조금만 견디고 힘을 내면 두려울 것조차 없음을 자각하게 된다.

운명도 내가 만드는 드라마다. 작가와 감독과 배우가 만나 얼마든지 좋은 대본으로 멋진 영상을 찍어 뛰어난 작품을 만들어갈 역량이 있음에도 계속 허접한 대본으로 지지리 궁상만 만들면 그 영화, 그 드라마는 막장 신세가 된다. 그렇게는 살지 말자. 결국 두려움만 넘어서면 더 이상 두려울 게 없다.

신대륙을 발견한 사람들은 지구가 네모라고 생각해 바다 끝까지, 바다의 절벽까지 가기를 원하지 않는 사람들의 두려움을 물리치고 당당히 노를 젓고 저어 그 두려움의 절벽을 넘어섬으로써 비로소 신대륙을 발견했다.

망망대해, 파도, 폭풍, 비바람, 뜨겁게 내리쬐는 태양, 목마름……
이 모든 것을 극복하며 노를 젓는 자야말로 새로운 운명의 주인이 될
것이다. 그게 당신의 참자기가 바라는 '삶의 소명'이라 믿는다.

때로는 마음도 체한다

온전한 나로 꽃피우기

난 청소년 시절을 자학하며 보냈다. 당시 얼굴에는 간지럼이 극에 달했고, 피고름 가득한 악성 여드름에 시달렸으며, 코는 하루 종일 막혀 있다가 하루 1분 정도만 두 쪽이 다 뚫렸다. 스포츠머리에 비듬이 많아서 종이 자르는 칼로 머리를 북북 긁어댔다.

나중에야 알게 되었다, 오장육부에 문제가 많았다는 것을. 폐에 열이 많으면 그런 증세가 생긴다는 것을. 엑스레이를 찍어보고 알았다, 한쪽 콧구멍이 태어날 때부터 작아서 숨 쉬는 게 태생적으로 어려웠다는 것을. 그래서 15년 전 수술을 했다. 두 코를 주먹만 한 솜으로 틀어막고 3일을 살았다. 죽을 뻔했다, 답답해서……. 끊임없이 나오는 가래와 건조한 콧구멍으로 인해 코딱지가 하루에도 일반인에 비해 열 배는 많았던 것 같았다. 그게 나였다.

지금도 여러 증상들이 조금씩 남아 있지만 이제는 많이, 정말 많이 벗어났다. 그래서 난 지금의 내가 좋다. 몸만 그런 게 아니었다. 마음은 더했다. 늘 정죄했다. 늘 자학하며 분노의 화신처럼 살았다. 신에 대한 간구와 신에 대한 분노가 늘 내 마음에 공존했다. 난 한(恨)의 사제처럼 살면서 한때는 한의 신학을 하려고 했다. 고통이란 말만 들어도 스멀스멀 가슴에서 뭔가가 올라왔다. 부모님은 그리 가난하지 않았지만 나는 돈이 없었다. 돈이 있으면 이 불공평한 세상이 왜 이 모양이 꼴인지 알고 싶어 책을 샀다. 남들은 축구·족구·탁구·테니스를 할 때 나는 틀어박혀 공부를 했다. 때문에 지금도 친구가 별로 없다. 이제는 누렇게 바랜 책들만 내 젊음의 객기를 확인시켜준다.

나는 나의 한과 고통, 한계를 치유받으면서 다른 사람의 한과 아픔과 고통을 만지기 시작했다. 그래서 나는 무지 공감을 잘하고, 무지 역전이(내담자들의 감정에 따라 반응하는 상담자의 감정)를 잘 느낀다. 그게 득이 되기도 하고 독이 되기도 한다. 나도 안다. 하지만 그런 나 자신을 탓하지 않는다. 나이 40줄이 넘으면서 나는 가장 든든한 후원자를 만났다. 바로 나 자신이다. 내가…… 나 자신을 말로 후원하고 격려한다.

오늘도 하루 종일 강의하고 힘이 들었다. 그러면 저녁에 가장 좋은 음식으로 보상해준다. 매일은 아니다. 하지만 너무 힘든 날은 몇만 원이 들어도 나를 위해 좋은 음식을 먹인다. 내가 먹는다고 하지 않고 먹인다고 했다. 그렇다. 나는 내 몸에게 고마움을 표한다. 그리고 좋은 음식으로 보상한다. 나 자신에게 해주는 일은 음식 사주고 책

사주는 일뿐이다. 옷 사는 걸 좋아하지도 않을뿐더러 옷이라고 해봤자 사계절 늘 양복이다. 화장품 바를 피부도 아니다. 바르면 가렵기 때문이다.

요즘엔 나 자신에게 많이 관대해지려고 노력한다. 그러다 보면 내가 점점 이기적이 되는 거 아닌가, 내 양심의 예민한 초자아가 힐난하듯 묻는다. 그러면 나는 초자아를 타이른다. 이제 그만 비난하라고 오히려 내가 혼을 낸다. 내 초자아(양심)에게.

"상규 많이 힘들다. 더 이상 비난하지 마라."

그런데 신기한 건 내가 나 자신에게 보상하고 내 몸을 위하고(정말 위한다면 운동이 제일인데) 나를 존중하니 이상하게 내 마음이 편하다. 몸도 과거보다 덜 아프다.

일주일에 서울과 지방을 오가며 많은 강의와 상담을 하다 보니 자주 지치고, 자주 우울하고, 자주 허탈하다. 때문에 나 자신을 더 챙기려 한다. 내가 나를 보호해야 한다는 사실을 40여 년 만에 배운 것이다. 누군가 나를 그렇게 보호해줄 줄 알았다. 하지만 착각이었다. 어느 누구도 그럴 수 없었다. 내가 믿는 하나님? 하나님은 안 보이신다. 대신 하나님은 내가 나를 보듬을 때 힘이 나도록 내 몸과 마음을 일찍부터 프로그래밍해두셨다. 그 사실을 뒤늦게 발견하고 하나님께 감사드린다. 억압, 자학, 비난……. 이제 그 입 다물라. 많이 했다.

어제 어느 분이 자기는 기독교인인데 술만 먹으면 여자를 찾는다고 했다. 그분의 메일로 받은 글을 보니 어린 시절이 너무 불행했다. 나는 답장을 드렸다. 하나님은 그런 일로 당신 비난 안 하신다. 당신

양심이 당신을 비난한 것으로 족하다고 말이다.

　나는 그렇게 생각한다. 세상에서 가장 무서운 비난은 앞으로 하나님이 하실 심판이겠지만, 이 세상에선 내가 내게 가하는 비난이 제일 무섭다. 이제 그만. 당신을 위하라. 누군가의 도움은 조금도 기대하지 마라. 당신 스스로 충만하라. 당신 스스로 좋아하라. 그래야 산다. 그래야 이 징그럽게 힘든 삶을 버틴다. 잘 버티라. 그러다 보면 버티기가 힘이 되어줄 것이다. 당신의 승리를 기원한다. 매일매일 승리하시라.

　"브라보! 마이 라이프!"

때로는 마음도 체한다

초판 1쇄 발행 | 2014년 7월 15일
초판 3쇄 발행 | 2020년 5월 15일

지은이 | 변상규
발행인 | 김태진 · 승영란
편집주간 | 김태정
디자인 | 여상우
마케팅 | 함송이
경영지원 | 이보혜
인쇄 | 애드플러스
펴낸곳 | 에디터
주소 | 서울특별시 마포구 마포대로14가길 6 정화빌딩 3층
문의 | 02-753-2700, 2778 FAX 02-753-2779
등록 | 1991년 6월 18일 제313-1991-74호

값 14,000원
ISBN 978-89-6744-041-1 03810

ⓒ 변상규, 2014

이 책은 에디터와 저작권자와의 계약에 따라 발행한 것이므로
본사의 서면 허락 없이는 어떠한 형태나 수단으로도 이 책의 내용을 이용하지 못합니다.

■ 잘못된 책은 구입하신 곳에서 바꾸어 드립니다.